suhrkamp taschenbuch 452

Peter Handke, 1942 in Griffen (Kärnten) geboren, lebt heute in Paris. Prosa: *Die Hornissen; Der Hausierer; Begrüßung des Aufsichtsrats; Die Angst des Tormanns beim Elfmeter; Chronik der laufenden Ereignisse* (Filmbuch); *Der kurze Brief zum langen Abschied; Wunschloses Unglück; Falsche Bewegung* (Filmbuch); *Die Stunde der wahren Empfindung; Die linkshändige Frau.* Stücke: *Publikumsbeschimpfung und andere Sprechstücke; Kaspar; Das Mündel will Vormund sein; Quodlibet; Wind und Meer* (Hörspiele); *Der Ritt über den Bodensee; Die Unvernünftigen sterben aus.* Gedichte: *Die Innenwelt der Außenwelt der Innenwelt.* Reader: *Prosa, Gedichte, Theaterstükke, Hörspiel, Aufsätze; Ich bin ein Bewohner des Elfenbeinturms,* Aufsätze; *Als das Wünschen noch geholfen hat.*

»Wer hat schon einmal geträumt, ein Mörder geworden zu sein und sein gewohntes Leben nur der Form nach weiterzuführen? . . . Auf einmal gehörte er nicht mehr dazu . . . Es war etwas passiert, das er nicht mehr rückgängig machen konnte . . .« Der Traum dieser einen Nacht ist der plötzlich einsetzende Impuls, der Gregor Keuschnig unwiderruflich hinauskatapultiert aus einer Wirklichkeit, in der alle Menschen und Erscheinungen *»auswendig* gelernt hatten, *wie man Leben vortäuschte«.* Es ist die Manifestation eines Unbehagens, das ihn zwingt, sich abzusetzen gegenüber einer Umgebung, in der alle eine »ungebrochene Äußerlichkeit« zur Schau tragen und mit »geborgten Lebensgefühlen« agieren.

Obwohl Keuschnig alles Altbekannte mit Ekel und Überdruß abgetan hat, nimmt er angesichts der unabsehbar drohenden Vereinzelung seine gewohnten Kontakte auf: er geht durch die Straßen der Stadt, hält sich in seinem Büro auf, nähert sich bekannten und unbekannten Frauen, sucht unbeteiligt und fast beschämt seine Freundin Beatrice auf, sieht mit Erleichterung und Bedauern zu, wie seine Frau ihn verläßt. Auf dem Höhepunkt seiner Vereinzelung bedeutet für Keuschnig die Erkenntnis des »für sich seins« der anderen die »Stunde der wahren Empfindung«.

Peter Handke
Die Stunde der wahren Empfindung

Suhrkamp

Umschlagfoto: Jerry Bauer

suhrkamp taschenbuch 452
Erste Auflage 1978

Druck: Ebner, Ulm · Printed in Germany
Umschlag nach Entwürfen
von Willy Fleckhaus und Rolf Staudt

Sind Gewalt und Sinnlosigkeit nicht zuletzt ein und dasselbe? M. Horkheimer

I

Wer hat schon einmal geträumt, ein Mörder geworden zu sein und sein gewohntes Leben nur der Form nach weiterzuführen? Damals, zu der Zeit, die noch andauert, lebte Gregor Keuschnig seit einigen Monaten als Pressereferent der österreichischen Botschaft in Paris. Er bewohnte mit seiner Frau und der vierjährigen Tochter Agnes ein dunkles Appartement im sechzehnten Arrondissement. Das Haus, ein französisches Bürgerhaus aus der Jahrhundertwende, mit einem steinernen Balkon an der zweiten und einem gußeisernen an der fünften Etage, stand neben ähnlichen Gebäuden an einem ruhigen Boulevard, der ein wenig abschüssig zur Porte d'Auteuil hinunter verlief, die eine der westlichen Stadtausfahrten bildet. Nur alle fünf Minuten etwa klirrten untertags die Gläser und Teller im Eßzimmerschrank, wenn in der Senke neben dem Boulevard der Zug vorbeifuhr, der Reisende von der Peripherie zur Gare St. Lazare in die Mitte der Stadt brachte, wo sie zum Beispiel in die Züge nach Nordwesten, an den atlantischen Ozean, nach Deauville oder Le Havre, umsteigen konnten. (Manche der oft schon etwas älteren Bewohner dieses Quartiers, in dem vor hundert Jahren noch Weinberge gestanden hatten, fuhren auf diese Weise an den Wochenenden mit ihren Hunden ans Meer.) In der Nacht aber, wenn nach neun Uhr abends keine Züge mehr fuhren, war es an dem Boulevard so still, daß man bei dem leichten Wind, der oft hier ging, ab und zu die Blätter der Platanen vor den Fenstern rieseln hörte. In einer solchen Nacht Ende Juli hatte Gregor Keuschnig einen langen Traum, der damit anfing, daß er jemanden getötet hatte.

Auf einmal gehörte er nicht mehr dazu. Er versuchte sich zu verändern, so wie ein Stellungssuchender »sich verändern« will; doch um nicht entdeckt zu werden, mußte er genau so weiterleben wie bisher und vor allem so bleiben wie er war. Auf diese Weise war es schon eine Verstellung, wenn er sich wie gewöhnlich mit andern zum Essen setzte; und daß er plötzlich so viel redete, von sich, von seinem »früheren Leben«, tat er nur, um von sich abzulenken. Welche Schande werde ich meinen Eltern bereiten, dachte er, während die Ermordete, eine alte Frau, dürftig vergraben in einer Holzkiste lag: ein Mörder in der Familie! Am meisten aber bedrückte ihn, daß er jemand andrer geworden war und doch weiter so tun mußte, als ob er dazugehöre. Der Traum endete damit, daß ein Vorübergehender die Holzkiste aufmachte, die inzwischen schon offensichtlich vor seinem Haus stand.

Wenn Keuschnig früher etwas nicht aushielt, legte er sich gewöhnlich irgendwo abseits nieder und schlief ein. In dieser Nacht war es umgekehrt: der Traum war so unerträglich, daß er aufwachte. Aber wach sein war gleich unmöglich wie schlafen, – nur lächerlicher, langweiliger: als hätte er schon seine unabsehbare Strafe angetreten. Es war etwas passiert, das er nicht mehr rückgängig machen konnte. Er verschränkte die Hände hinter dem Kopf, doch diese Gewohnheit stellte nichts wieder her. Windstille vor dem Fenster seines Schlafzimmers; und wenn nach langem einmal an dem immergrünen Baum im Hof ein Ast schwang, hatte er den Eindruck, daß nicht ein Windstoß ihn bewegte, sondern die angesammelte Innenspannung in dem Ast selber. Keuschnig fiel ein, daß über seiner ebenerdigen Wohnung noch sechs andere Stockwerke lagen, eines über dem andern!, mit schweren Möbeln vollgestellt wahrscheinlich, dunkelgebeizten Schränken. Er zog die Hände nicht hinter dem Kopf hervor, blies nur wie zum Schutz die Wangen auf. Er versuchte sich vorzustellen, wie es nun weitergehen sollte. Weil alles so ungültig geworden war, konnte er sich auch nichts mehr vorstellen. Er rollte sich ein und versuchte wieder einzuschlafen. Anders als früher war nun das Einschlafen keine Möglichkeit mehr. Er stand gefühllos auf, als mit dem ersten Zug gegen sechs auf dem Nachttisch endlich das Wasserglas klingelte.

Keuschnigs Wohnung war groß und verzweigt. Man konnte darin auf verschiedenen Wegen gehen und einander plötzlich begegnen. Der sehr lange Flur schien vor einer Wand aufzuhören – und ging dann, nach einem Knick, noch länger weiter, so daß man sich fragte, ob man immer noch in derselben Wohnung sei, bis in das hintere Zimmer hinein, in dem seine Frau für ihren Kurs an einer audiovisuellen Schule manchmal Französisch lernte und dort blieb, um zu schlafen, wenn ihr, wie sie sagte, in der Müdigkeit der Weg durch den Flur und um die Ecken herum zu unheimlich war. Die Wohnung war so verschachtelt, daß man das Kind, auch wenn es nicht verloren gehen konnte, häufig rief: »Wo bist du?« Das Zimmer des Kindes war von drei Seiten zugleich zu betreten: vom Flur; vom hinteren Zimmer, das seine Frau »Arbeitszimmer« nannte; und vom nur vor fremden Besuchern so genannten »Elternschlafzimmer«. Davor befanden sich noch das Eßzimmer, sowie die Küche, mit dem »Dienstboteneingang« – sie hatten keine Dienstboten – und einem eigenen Dienstbotenklosett nebenan (der Absperriegel seltsamerweise *außen* an der Tür), und ganz vorn, an der Straße, die »Salons«, die seine Frau als »Living« bezeichnete, während im Mietvertrag einer der Salons wegen einer Nische in der Wand als »Bibliothek« erwähnt wurde. Der kleine Vorraum, der direkt auf die Straße hinaus führte, hieß im Vertrag »Antichambre«. Die Wohnung kostete dreitausend Francs im Monat; eine ältere Französin, deren Mann früher Besitzungen in Indochina gehabt hatte, lebte davon. Das österreichische Außenministerium kam für etwa zwei Drittel der Miete auf.

Keuschnig betrachtete durch die halboffene Tür zum hinteren Zimmer seine schlafende Frau. Er wollte, sie würde ihn beim Aufwachen sofort fragen, was er denke, und er würde antworten: »Ich überlege gerade, wie ich dich aus meinem Leben wegdenken könnte.« Auf einmal wünschte er, nie mehr etwas von ihr zu hören oder zu sehen. Sie abtransportieren lassen. Sie hatte die Augen geschlossen, schrumplige Lider, die sich jetzt manchmal spannten. Daran sah er, daß sie allmählich erwachte. Ab und zu gurgelte es durch ihren Bauch; Geschrei zweier Spatzen vor dem Fenster, die Antwort immer ein paar Töne höher; im Stadtgeräusch, das die ganze Nacht nur ein Raunen gewesen war, wurden jetzt die Einzelgeräusche unterscheidbar: schon war so viel Verkehr, daß irgendwo gebremst, weiter weg gehupt wurde. Seine Frau hatte noch die Kopfhörer um, und auf dem Plattenteller drehte sich noch die Sprachkursschallplatte. Er schaltete den Plattenspieler aus, und sie öffnete die Augen. Mit offenen Augen sah sie jünger aus. Sie hieß Stefanie und gestern noch hatte sie ihn zumindest manchmal gerührt. Warum fiel ihr nichts an ihm auf? »Du bist schon angezogen«, sagte sie und nahm den Kopfhörer ab. In diesem Augenblick kam es ihm vor, er könnte sich hinknien und alles, alles sagen. Wo anfangen? Schon ein paarmal hatte er früher den Daumen auf ihren Halsknorpel gedrückt, nicht als Bedrohung, sondern als eine Berührung unter vielen anderen. Erst wenn sie tot wäre, würde ich wieder etwas für sie fühlen können, dachte er. Er war aufgerichtet stehengeblieben, drehte den Kopf zur Seite wie auf einem Verbrecheralbumfoto und sagte nur, als ob er etwas oft Gesagtes wiederholte: »Du bedeutest mir nichts. Ich will mir nicht länger vorstellen, mit dir alt werden zu müssen. Ich will nichts mehr von dir wissen.« »Das reimt sich«, sagte sie. Ja, zu spät hatte er bemerkt, daß sich die beiden letzten Sätze reimten – und so konnte man sie nicht ernst nehmen. Schon fragte sie mit geschlossenen Augen: »Wie ist das Wetter heute?«, und er antwortete, ohne hinauszuschauen: »Sehr hohe Wolken.« Sie lächelte und schlief schon wieder ein. Mit leeren Händen gehe ich weg, dachte er. Abenteuerlich! Alles, was er tat, kam ihm an diesem Morgen abenteuerlich vor.

Im Zimmer des Kindes war ihm, als ob er von etwas Abschied nahm; nicht von dem Kind allein, sondern von der Art zu leben, die ihm bis jetzt entsprochen hatte. Es gab keine Lebensform mehr für ihn. Er stand unter den verstreuten Spielsachen im Zimmer, und in seiner Ratlosigkeit knickte ihm plötzlich ein Knie ein. Er hockte sich hin. Ich muß mich mit etwas beschäftigen, dachte er, schon erschöpft von der kurzen Zeit ohne Phantasie, und beschäftigte sich, indem er die Schuhbänder einfädelte, die das Kind am Abend zuvor im Einschlafen aus den Schuhen gezogen hatte. Agnes hingen die Haare im Schlaf ganz über das Gesicht, so daß er nichts von ihr sehen konnte. Er legte ihr die Hand auf den Rücken, um zu spüren, wie sie atmete. Das Kind atmete so ruhig und roch so warm, daß er sich an früher erinnerte, als manchmal alles wie unter einer weiten Kuppel vereinigt war und zueinandergehörte, als er zu seiner Frau zum Beispiel unwillkürlich »Agnes« gesagt hatte und zu »Agnes« unwillkürlich »Stefanie«. Das war jetzt vorbei, schon konnte er sich nicht einmal mehr erinnern. Als Keuschnig aufstand, hatte er das Gefühl, daß sein Gehirn allmählich auskühlte. Er zog die Stirnhaut herunter und schloß fest die Augen, als ob er das gefühllos gewordene Gehirn so wieder wärmen konnte. Ab heute führe ich also ein Doppelleben, dachte er. Nein, gar kein Leben: weder das gewohnte, noch ein neues; denn das gewohnte werde ich nur vortäuschen, und das neue wird sich erschöpfen müssen im Vortäuschen des gewohnten. Ich fühle mich hier nicht mehr am Platz, kann mir aber überhaupt nicht vorstellen, irgendwo anders am Platz zu sein; kann mir nicht vorstellen, so weiterzuleben wie bis jetzt, aber auch nicht, zu leben, wie jemand andrer gelebt hat oder lebt. Es ist mir nicht widerwärtig, sondern unvorstellbar, wie ein buddhistischer Mönch zu leben, wie ein Pionier, wie ein Menschenfreund, wie ein Verzweifelter. Es gibt kein Wie für mich, höchstens, daß ich so weiterleben muß »wie ich«. – Bei dieser Vorstellung bekam Keuschnig plötzlich keine Luft mehr. Im nächsten Moment war ihm, als platzte er aus seiner Haut heraus, und ein Fleisch- und Sehnenklumpen läge naß und schwer auf dem Teppich. Als ob er mit diesem Gedanken allein schon das Zimmer des Kindes verunreinigt hätte, machte er schnell, daß er hinauskam.

Weder links noch rechts schauen! dachte er, während er durch den Flur ging. »Die Augen geradeaus!« sagte er laut. Er schaute auf das rote Sofa in dem einen Wohnzimmer; ein Kinderbuch lag offen da: eine schreiende Unordnung. Nichts war ihm fremd, alles zuwider. Er schlug das Buch zu und legte es so auf den Tisch, daß es parallel zu den Tischkanten lag. Dann hob er einen Faden vom Teppich auf und trug ihn durch den ganzen Flur in die Küche zu einem Abfallkorb. Während er all das tat, bemühte er sich panisch, in ganzen Sätzen zu denken.

Er trat mit einem dummen Gesicht aus der dunklen Wohnung auf die Straße hinaus. Wie gnadenlos hell war es draußen! Eigentlich könnte ich ebensogut nackt sein, dachte er, schaute aber dabei sofort an sich herunter, ob er den Reißverschluß an der Hose wohl zugezogen hatte, und nestelte gleichzeitig schon heimlich daran. Er durfte sich nichts anmerken lassen. Hatte er sich denn auch die Zähne geputzt? Auf der anderen Seite des Boulevard floß im Rinnstein glitzernd das Wasser zur Porte d'Auteuil hinunter und nahm für Momente die Dummheit aus seinem Gesicht. Die Pflastersteine unter dem Wasser waren schon ganz ausgebleicht. So im Gehen sah Keuschnig plötzlich einen Hohlweg in der Nähe seines Geburtsorts, mit dünnen, naßschwarzen Blaubeerenwurzeln an den Seitenwänden, wo er als Kind oft nach Lehm gegraben hatte, aus dem dann Murmeln oder auch Wurfgeschosse geformt wurden. Glücklicherweise ist mir dieser Reim unterlaufen, als ich mit Stefanie gesprochen habe, dachte er: Sonst hätte ich mich jetzt schon verraten. Er zog sich die Manschetten unter seinem Rock hervor und wurde zum ersten Mal an diesem Tag ein bißchen neugierig. Keuschnig war sonst immer ein sehr neugieriger Mensch gewesen, allerdings ohne die Lust, sich in etwas hineinzumischen. Wie würde es ausgehen mit ihm? Gewöhnlich nahm er die Métro PORTE D'AUTEUIL, stieg an MOTTE-PICQUET-GRENELLE um und fuhr bis LATOUR-MAUBOURG, in der Nähe des Invalidenplatzes, wo an der Rue Fabert, im siebten Arrondissement, das dreistöckige Palais der österreichischen Botschaft lag. An diesem Tag aber wollte er ein wenig zu Fuß gehen. Diese kleine Abweichung würde er sich herausnehmen – vielleicht ergab sich dabei eine Möglichkeit. Er wollte auf dem Pont Mirabeau die Seine überqueren und dann die Quais entlang bis zum Invalidenplatz gehen. Irgendwo unterwegs ergab sich vielleicht ein System für dieses Weder-Noch in seinem Kopf. Ja, ein System! dachte er und betrachtete sich im Vorbeigehen im Spiegel einer Bäckerei der Rue d'Auteuil. Nichts Unordentliches an ihm. Er straffte sich kurz vor Neugier.

In der Rue Mirabeau sah Keuschnig, der in seinem Beruf als Pressereferent in jeder Zeitung auf den ersten Blick Wörter wie »Autriche« oder »autrichien« herausfand, als sei das sein eigener Name, an einem Gebäude aus den Augenwinkeln eine Tafel, auf der das Wort »autrichien« erschien. Es war eine Gedenktafel für einen aus Österreich stammenden Partisanen, der als Mitglied einer französischen Widerstandsgruppe gegen die Nationalsozialisten gekämpft hatte und vor dreißig Jahren an dieser Stelle von den Deutschen erschossen worden war. Zum Nationalfeiertag am vierzehnten Juli hatte man die Tafel gereinigt und darunter auf den Gehsteig eine Blechbüchse mit einem Tannenzweig gestellt. Dieses Arschloch, dachte Keuschnig und gab der Blechbüchse zugleich einen Fußtritt; hielt sie dann aber an, als sie immer weiter kollerte. Er ging über die Avenue de Versailles und sah an einem Bauzaun ein Plakat, das zu einem Meeting einlud: »Isabel Allende spricht zu uns . . .« Zu uns! dachte er. Er drehte sich weg und spuckte aus. Gesindel! Im Vorbeigehen an einem Zeitungsstand, wo als Morgenzeitung nur die Ausgabe des Figaro von fünf Uhr ausgehängt war, las er, daß die türkischen Truppen nach ihrer Invasion auf Zypern nun in die Hauptstadt Nikosia eingedrungen seien; der Krieg stehe bevor. Wie lästig, dachte Keuschnig: was für eine Einmischung in mein Leben! Auf der Brücke kam ihm ein Paar entgegen, Arm in Arm. Daß die Frau von einem langen Weißbrot abbiß, als ob es diesen Krieg gar nicht geben könnte, besänftigte ihn. Aber warum war der Mann nur so groß? Unappetitlich, so groß zu sein. Und die Vorstellung, daß er seinen lächerlichen Samen in den armseligen Bauch dieser langweiligen Frau hineinspritzt! Er blieb in der Mitte der Brücke stehen und schaute auf die Seine hinunter. »Sous le pont Mirabeau coule la Seine et nos amours.« Ein Plakat warb für Hochhauswohnungen am andern Ufer mit dem Satz: »Vom Pont Mirabeau ist Paris ein Gedicht.« Die unzuständig gewordene Poesie! Der Fluß war braun, wie gewöhnlich, und floß wie immer auf die Hügel im Westen zu, wo das Morgenlicht den Vorort Meudon näherrückte. Für Keuschnig war alles gleich weit entfernt und gleich ungültig: das Sandschürfwerk am linken Ufer, die Hügel von Meudon und St. Cloud, seine Schuhspitzen. Es war, als ob seine Blicke, bevor sie etwas aufnehmen konnten, von einer unsichtbaren Schicht unschädlich gemacht würden; nichts erreichbar – und er fühlte auch eine Unlust, etwas zu erreichen. Er sah nichts Freundliches; schaute nur, wie jemand Geprügelter, und dachte: Da kann ich gleich in die Métro hinuntersteigen, wo es nicht auffällt, wenn man nur vor sich hinschaut. Er nahm den Zug an der Station JAVEL und betrat kurz nach sieben unverändert, vor Aussichtslosigkeit inzwischen nur noch schlecht gelaunt, die österreichische Botschaft.

Keuschnig hatte im Botschaftsgebäude ein Büro im zweiten Stock mit einem Kastanienbaum vor dem

Fenster. Seine Haupttätigkeit war es, französische Zeitungen und Zeitschriften zu lesen, Artikel oder einfach nur Meldungen anzukreuzen, die Österreich betrafen, dann dem Botschafter möglichst jeden Tag eine Zusammenfassung vorzutragen und zweimal im Monat einen Bericht für das Außenministerium in Wien zu schreiben, der das Bild Österreichs in den französischen Massenmedien behandeln sollte. Er hatte dabei den neuen Richtlinien zu folgen, die ein Bild von dem Land entwarfen, an dem die jeweiligen Österreichbilder in der französischen Presse zu messen waren. Dieses Richtlinienbild besagte, daß Österreich nicht nur das Land der Lipizzaner und der Schifahrer sei. Keuschnig war verpflichtet, an die Zeitungen oder an das Fernsehen korrigierende Briefe zu schreiben, wenn dort das überlieferte Österreichbild erschien. Einen Musterbrief dafür hatte er sich über den Schreibtisch geklebt. Im letzten Jahr hatte zum Beispiel die FINANCIAL TIMES Österreich den Wirtschaftsoscar verliehen, für das in der Statistik am besten plazierte Industrieland. Keuschnigs berichtigende Briefe wurden selten beachtet; auf seine Rapporte an das Außenministerium antwortete man noch weniger. Manchmal nahm er an Arbeitsessen von Journalisten mit französischen Politikern teil, wofür er im voraus das Geld zu überweisen hatte. Hin und wieder lud er Journalisten zu sich und führte nachher darüber Buch, weil solche Aufwendungen in seinem Auftrag vorgesehen waren und auch ersetzt wurden. »Sitzende Veranstaltungen«

waren Essenseinladungen; bei »stehenden Veranstaltungen« wurde nur getrunken, es gab höchstens ein kaltes Büffet. Das war ungefähr seine Tätigkeit, und er hatte sie bis jetzt so ernst verrichtet, daß auch niemand andrer darüber lächeln konnte. Er hatte selber kein Bild von seinem Geburtsland und war zufrieden, daß es die Richtlinien gab. Nur manchmal, wenn Briefe von Kindern kamen, die von dem Land etwas wissen wollten, wußte er keine Antwort. Aber die Fragen in diesen Briefen waren ohnedies meist von Erwachsenen diktiert.

An diesem Morgen wurden endlich in einem Lieferwagen die österreichischen Stummfilme zurückgebracht, die Keuschnig schon vor einigen Monaten der Cinemathèque für eine Reihe von Vorführungen im Palais Chaillot überlassen hatte; sie waren bereits mehrmals zurückgefordert worden. Im Hof des Botschaftsgebäudes überprüfte er mit Hilfe der Lieferliste jede einzelne Filmrolle, ohne auf die Ungeduld des Fahrers zu achten. Niemand schien etwas zu bemerken. Das Haus war auch noch fast leer; wie üblich war er, wegen der Zeitungslektüre, einer der ersten. In seinem Büro schnitt er das Paket auf, das ihm der Nachtwächter schon vor die Tür gestellt hatte, und entfernte den Zettel mit der roten Aufschrift »Ambassade d'Autriche«. Er machte sich bewußt, daß es bei der Einheit der Vereinten Nationen auf Zypern auch österreichische Soldaten gab, und schaute die Zeitungen erst einmal daraufhin durch. Noch keiner tot? Dann fing er, einen Filzstift in der Hand, richtig zu lesen an. Jede halbe Stunde stand er auf und riß von dem Fernschreiber, der ohne Pause tickte, die Berichte der französischen Presseagentur ab. Auch den Kurzwellenempfänger hatte er angestellt. Schon am frühen Vormittag kam die Nachricht von dem vorläufigen Waffenstillstand in Zypern; nun war er ungestört mit sich selber. Seine Finger wurden schwarz wie gewöhnlich von all den Zeitungen. Er setzte sich nicht ein einziges Mal um beim Lesen, fuhr sich, auch wenn es ihn juckte, nie ins Gesicht, las nur und strich dabei die sogenannten »Kraftsätze« an, ohne ein Aufblicken, ohne ein Zögern. Wo waren die WERBEFÄHIGEN TATSACHEN, die die Richtlinien verlangten? Auf der Landwirtschaftsmesse in Compiègne wurde eine Wiederaufforstungsmaschine gezeigt, die in Österreich konstruiert worden war. In Lyon wurde in einer Ausstellung von Mikroskopen ein Forschungsmikroskop aus Österreich vorgeführt. »Le Monde« lobte die Umweltverbesserung in Tirol. »L'Aurore« erwähnte wieder einmal den Antisemitismus in Österreich, obwohl er, gemäß den Richtlinien, der Zeitung bereits einige korrigierende Briefe geschickt hatte. Dafür wurde in einer Warentestzeitschrift eine österreichische Schibindung hervorgehoben. Aber »Le Parisien libéré« bezeichnete Bruckner als deutschen Komponisten statt als österreichischen. – Gegen neun wusch sich Keuschnig lange die Hände und ging zum Botschafter, der an diesem Tag ein wenig früher da war. Der Botschafter fragte ihn, was er von den Kämpfen auf Zypern denke, antwortete dann aber, fast fürsorglich, für ihn, so daß Keuschnig nur hin und wieder »Das ist gut möglich« und »Auch das ist nicht auszuschließen« sagte. Sogar dem Botschafter, der doch, wie er selber oft behauptete, als Vorgesetzter ein Auge für Menschen haben sollte, schien nichts an ihm aufzufallen. (Würde er ihm sonst die Speisenfolge seines gestrigen Abendessens bei einem französischen Grafen aufzählen?) Keuschnig war erleichtert, aber sonderbarerweise auch enttäuscht.

Er trank seinen gewohnten Tee in einem Café am Boulevard de la Tour-Maubourg. Während er auf die Straße hinausschaute, fiel ihm auf, daß er niemandem hätte etwas sagen können. Oft hörte er Leute: »Wenn ich was zu sagen hätte ...«, und jetzt dachte er: Wenn ich etwas zu sagen hätte, würde ich alles durchstreichen. Auf dem Gehsteig lag obenauf in einem Abfallbehälter gehäufter Kaffeesud mit dem Filterpapier dazwischen, und Keuschnig erinnerte sich dabei an einen frischgedüngten Rasen, der mit Menschendreck gedüngt worden war: überall zwischen den jungen Gräsern Klosettpapier. Er ging auf die Toilette und pißte unfroh in das Loch hinunter. Der Uringeruch belebte ihn. Er dachte an morgen, an übermorgen und zog sich die Finger lang vor Ekel; riß den Mund auf, schaute sich aber gleichzeitig um, ob wohl niemand ihn beobachtete.

Auf dem Rückweg zur Botschaft hatte Keuschnig plötzlich Lust, die Zähne zu fletschen. Ohne Zukunftsaussicht war er von dem schützenden Caféhausstuhl aufgestanden. Er hielt die Lippen zusammen und grüßte so einen Kollegen, der ihm entgegenkam. Bei seinem Anblick dachte er an Ärmelschützer, obwohl er schon seit langem niemanden mehr mit Ärmelschützern gesehen hatte. Warum konnte der andre ihn nicht unbeachtet lassen? Warum mußte er ihm ENTGEGENKOMMEN? Braungelbe Milchfetzen auf einer vor Tagen gekochten Milch. Er lebte zwar gerade noch, lief frei herum, aber bald würde es aus mit ihm sein. Er wollte jeden einzelnen zusammenschlagen! Alles, auch das Wohlgefühl bei dem ersten Schluck Tee, galt auf einem nur sehr BEDINGT. Meine Lebenslinie ist abgebrochen, dachte Keuschnig, als ob er sich selber noch ein wenig aufheitern wollte. In einem Hausflur stand ein Kinderwagen, mit einer Plastikplane überdeckt, ein Bild des Schreckens und der Panik, im schnellen Vorbeigehen die Ergänzung zu dem in der Nacht nicht zu Ende Geträumten. Er zwang sich, zurückzugehen und den Kinderwagen in allen Einzelheiten anzuschauen.

Er sah vor sich zwei Schwarze gehen, die Hände weit in den Taschen, so daß bei beiden die Rockschlitze auseinanderklafften und man die herausgestreckten Hintern sah – bei beiden die gleichen klaffenden Rockschlitze und die gleichen Hintern! Eine Frau hatte zwei verschiedene Schuhe an, der Blockabsatz an dem einen Schuh war viel höher. Eine andere Frau trug einen Cockerspaniel im Arm und weinte. Er kam sich vor wie der Gefangene von Disneyland.

Auf dem Gehsteig las er, mit Kreide geschrieben: »Oh la belle vie!«, und darunter: »Ich bin wie du«; daneben klein eine Telefonnummer. Derjenige hat sich GEBÜCKT, als er vom SCHÖNEN LEBEN schrieb! dachte er und notierte sich die Nummer.

Im Büro las er die Zeitungen, die jetzt erst angekommen waren. Es fiel ihm auf, wie oft in den Überschriften auf einer einzigen Seite stand: »Immer mehr . . .«: »Immer mehr Babys werden überfüttert.« – »Immer mehr Kinderselbstmorde.« Beim Lesen von TIME bemerkte er auf vielen Seiten den Satz »I dig my life«. »I dig my life«, sagte ein Basketballstar. »We are a happy family«, sagte ein Kriegsveteran. »I am very glad«, sagte eine Countrysängerin. »Now I dig my life«, sagte ein Mann, der ein neues Haftpulver für sein Gebiß verwendete. Keuschnig wollte durch das Haus grölen. Dann blickte er still zur Decke, vorsichtig, als könnte ihn das schon verraten.

Er hatte die Telefonnummer vom Gehsteig vor sich, wählte aber zuerst viele andere Nummern. Er wollte in der nächsten Zeit möglichst wenig für sich sein und suchte Bekannte zusammen, mit denen er sich ohne

Pause treffen könnte. Aus Angst, sich beim Telefonieren zu versprechen oder auf einmal nicht mehr weiterzuwissen, schrieb er sich vor jedem Gespräch wörtlich auf, was er dann sagen wollte. Schließlich stand in seinem Notizbuch bis zum Ende des Monats für jeden Abend eine Verabredung. Ich werde in meiner Arbeit aufgehen, dachte er. Dann wählte er die Nummer vom Gehsteig. Es antwortete eine Frau. Sie sagte, sie könnte sich nicht mehr erinnern, etwas aufs Pflaster geschrieben zu haben, sie müßte wohl betrunken gewesen sein. Keuschnig, der sie eigentlich nur verhöhnen hatte wollen, sagte: »Sie waren nicht betrunken. Ich werde morgen abend um neun im Café de la Paix an der Oper sein. Kommen Sie?« »Vielleicht«, sagte die Frau, dann: »Ja, ich komme. Aber wir wollen kein Erkennungszeichen vereinbaren. Ich möchte, daß wir uns so erkennen. Ich werde da sein.«

Zu Mittag ging Keuschnig durch die Rue St. Dominique bis zum Autobus 68, um wie üblich auf den Montmartre zu einer Freundin zu fahren. Eine Zeitlang folgte er durch Seitenstraßen einem Mädchen, auf dessen Hose hinten CHICAGO CITY stand. Er wollte ihr Gesicht sehen. Dann merkte er, daß er das Mädchen vergessen hatte. Im Autobus freute er sich einen Moment ganz unbändig, als er merkte, daß er allein war. Ein Schauder überlief ihn und erzeugte ein auf niemanden gerichtetes Machtgefühl. An der nächsten

Station schaute er auf, und schon waren einige Hinterköpfe vor ihm.

Wenn Keuschnig aus dem Busfenster blickte, wimmelte es wie von durchsichtigen Pockennarben, und als er die Augen zudrückte und wieder aufmachte, waren es noch mehr. Beim Aussteigen nahm er sich vor, erst einmal stehenzubleiben und geduldig zum Beispiel den Himmel anzuschauen. Er stand dann gefühllos da. »C'est normal«, sagte zufällig jemand, der vorbeiging. Ja, alles war elendig normal. Ein ländlicher Wallfahrtsort fiel ihm ein, der Maria Elend hieß.

Er verhielt sich so unverfänglich wie möglich: kaufte zum ersten Mal Blumen für die Freundin. Ein Beobachter würde aufhören, ihn auffällig zu finden, wenn er ihn in dieses Blumengeschäft treten sähe. Er war nur einer unter vielen, beschäftigt mit Alltäglichem, so sorglos, daß er Blumen kaufte. Er nahm sich vor, pedantisch zu sein. Im kühlen Blumengeschäft, als jemand, der sich Gladiolen einwickeln ließ, fühlte er sich so geborgen, daß er der Verkäuferin helfen wollte, die Schleife zu binden. Auch die Umgebung und der Geruch des Wassers, die Wasserlachen überall, taten ihm gut. Die schöne langwierige Sorgfalt, mit der die Gladiolen nebeneinander auf das Papier gelegt wurden! Früher hätte er auf die Frage, ob die Blumen als Geschenk eingepackt werden sollten, sich sofort mit der einfachen Verpackung begnügt; heute schaute er beteiligt zu, wie die Verkäuferin die Nadeln durch das Papier steckte. Daß sie während ihrer ganzen Tätigkeit, vom Beschneiden der Stengel, dem Entfernen der welken Blütenblätter bis zum Überreichen des Straußes keine Bewegung zu viel machte, war jetzt schön. Er fühlte sich in dem Laden wie untergestellt. Er konnte lächeln, wenn ihn dabei auch die Lippen spannten, und sie lächelte auch. Gerade diese nur geschäftsmäßige Freundlichkeit erschien ihm als eine menschenwürdige Behandlung, und sie rührte ihn.

Wie jemand ganz Beliebiger stieg er mit dem Blumenstrauß den Montmartre hinauf. In den von einer Markthalle zur andern wechselnden Gerüchen der Rue Lepic wurde er undefinierbar: Fische, Käse, dann der Flanellgeruch von Anzügen, die in der Sonne standen . . ., und unvermutet zog ihn der Geruch von Weißbrot aus der offenen Tür einer Bäckerei in die Erinnerung hinein, nicht in die eigene, sondern eine neue, erweiterte und verbesserte, bei der das Flächige vor ihm räumlich wurde. Niemand hier schien unentschlossen, von sich selber belastet: zwischen diesen Leuten, die er nie kennen würde, fühlte er sich aufgenommen. Penibel streifte er sich vor der Wohnung der Freundin die Schuhe ab, wobei er schadenfroh lachte – gegen wen? – Aber als er von innen die sich nähernden Schritte hörte, wußte er nicht mehr wo hinschauen bei dem Gedanken, daß es gleich wie immer wäre, schamlos, und daß sie einander erkennend anlächeln würden. Noch war es nicht zu spät, er konnte schnell die Treppe weiter hinaufsteigen. Bewegungslos blieb Keuschnig stehen, Fuß an Fuß, bis wie üblich die Tür aufging – nur daß die Lächerlichkeit ihn jetzt fast tötete.

Er ließ sich nichts anmerken. Im ersten Moment war er verwirrt gewesen, daß Beatrice ihn wirklich sofort erkannte. Plötzlich hatte er Angst, sie das nächste Mal nicht wiederzuerkennen, und versuchte, sich die Einzelheiten ihres Gesichts einzuprägen, oder ein besonderes Merkmal. – Beatrice arbeitete als Übersetzerin halbtags an der UNESCO, im fünfzehnten Arrondissement. Ihr Mann war mit dem Motorrad unter einen Sattelschlepper geraten, und sie lebte allein mit zwei Kindern, die gerade nicht da waren. Er hatte sie zum ersten Mal auf einem Empfang der Botschaft gesehen. Sie war auf ihn zugekommen und hatte ihn gefragt: »Und was machen wir jetzt?« – Keuschnig kam oft zu ihr. Er schaute ihr gern bei den häuslichen Tätigkeiten zu. Sie erzählte viel, und er empfand eine ruhige, starke Lust, wenn er ihr zuhörte. »Ich habe keine Angst, vor dir etwas Falsches zu tun«, sagte sie. Sie dachten sich nie etwas dabei, daß sie zusammen waren. »Wenn man sich nichts dabei denkt, ist das vielleicht ein gutes Zeichen«, sagte Beatrice. Sie machte aus allem, was ihr begegnete, Zeichen; aber auch dort, wo andre Böses angedeutet sahen, bemerkte sie eine Bestätigung, daß bald alles noch besser würde. Das Unangenehme war ihr zuwider, aber auch ein gutes Zeichen für etwas anderes. Deswegen lebte sie zuversichtlich weiter, und wenn Keuschnig bei ihr war, erschien ihm wenigstens manchmal der Moment, von dem ab nichts mehr zählen würde, unabsehbar.

Aber jetzt, und ohne Warnung, waren für ihn alle Anblicke zu Todeszeichen geworden. Er wollte nirgendswo hinschauen; und weil er auch mit offenen Augen nichts wahrnahm, an das er sich halten konnte, tat ihm vor Beklemmung das Herz weh bis zum Gaumen hinauf. Er dachte an den Kinderwagen im Hausflur mit der Plane darüber, mit den Mörtelbrocken auf der Plane, und drehte sich unwillig weg, als ihm Beatrice wie üblich aus dem Rock helfen wollte. Er war es jetzt, der auf einmal Angst hatte, etwas Falsches zu sagen, etwas Falsches zu tun; er war es, der sich bei allem auf einmal etwas denken mußte, beim Fleischzerschneiden, bei einer Umarmung, sogar beim Atemholen. Was sich so vertraut ereignen sollte, vollführte er als zeremonielle Vorgänge, ängstlich bedacht, nicht aus der Rolle zu fallen: das-den-Korken-aus-der-Flasche-Ziehen, das-die-Serviette-auf-die-Knie-Legen. In Todesangst rief er plötzlich zu Hause an. »Ist alles wohlauf?« fragte er. Er sagte »wohlauf«, ein verschrobenes Wort, damit seine Angst nicht so auffiel. Wieder am Tisch, wollte er alles selber tun, während es ihm sonst gefallen hatte, wenn ihm Beatrice nach dem Essen zum Beispiel einen Apfel schälte.

Er ließ sich nicht von ihr ausziehen. Wenn sie ihn berühren sollte, würde er sie mit der Faust zu Boden schlagen. Das-die-Hose-über-den-Stuhl-Legen; das-sich-nebeneinander-ins-Bett-Legen; das-das-Glied-in die-Scheide-Aufnehmen. Als sie mit dem Fingernagel seinen Penis streifte, hatte er das Gefühl, daß sie ihn mit einer widerwärtigen Hautkrankheit ansteckte. Dazwischen, wenn ihr Bauch ihn leicht berührte, glaubte er, wieder beschützt zu sein, aber beim Orgasmus kam statt etwas Heißem ein Kälteschauer aus ihm, der auch sofort den ganzen Körper überzog. Er wünschte, ihr sofort gewaschen und in seinen Kleidern in einiger Entfernung gegenüberzusitzen. Als sie ihn anschaute, strich er ihr wie streichelnd mit dem Daumen über die Lider, damit sie die Augen schloß und nichts von ihm sah. Sie machte sie gleich wieder auf. Diese offenen Augen erschienen ihm wie ein Lachen, und er hielt sie ihr gewaltsam zu. Beatrice drehte den Kopf von seiner Hand weg und schaute ihn weiter an, nicht beunruhigt, sondern eher belustigt. Da schloß er die eigenen Augen. – Er ließ sie so lange zu, bis er sich wieder in Sicherheit glaubte. Dann wurde es unerträglich, nichts zu sehen. Als er die Augen öffnete, platzten sie obszön: sie waren wie verklebt gewesen, und er hatte Kraft gebraucht, sie aufzureißen, erst eins, dann das andere. Beatrice schaute ihn immer noch an, besser gesagt, sie schaute ihm inzwischen schon *zu* – als geschehe etwas mit ihm. Obwohl sie die Lippen geschlossen hielt, standen sie in einem Mundwinkel ein wenig auseinander, und etwas von einem Eckzahn schimmerte heraus. Er dachte an ein totes Schwein, aber nur, um sich ihr nicht so unterlegen zu fühlen. Je länger sie einander anschauten, desto teilnahmsvoller wurde sie, desto zerstreuter wurde er. Vor Gedankenlosigkeit zog er eine Grimasse – nein, das Gesicht wurde zu einer Grimasse, ohne daß er auch nur eine Miene bewegte. Er täuschte ein Gähnen vor, damit er wenigstens kurz die Augen wieder schließen konnte. Dann nahm er Beatrice an den Haaren und zwang ihren Kopf zu seinem Bauch hinunter, wo sie sein Glied in den Mund nahm und mit der Zunge vorstieß, als ob sie ihm diese oben ausstreckte. Es wurde ihm warm, und er hatte das Gefühl, daß er und Beatrice flüchtig zusammengehörten und daß er, wenn er jetzt nur zu sprechen anfinge, alles von ihr begreifen könnte.

In der Küche tranken sie Kaffee, und er schaute ihr zu, wie sie die Crème Caramel aus dem Kühlschrank nahm, damit sie nicht so kalt wäre, wenn die Kinder dann nach Hause kämen. Sie setzte sich wirklich ihm gegenüber, außer Reichweite, ganz wie er es sich gewünscht hatte, und spitzte sorgfältig stumpfgewordene Stifte, Bleistifte für das ältere Kind, Farbstifte für das Kind, das noch in die École maternelle ging. Indem er ihr zuschaute, glückte es ihm, sich allmählich in den Anblick zu vertiefen. Er hörte, wie vor dem geöffneten Fenster in der stillen Straße das Wasser im Rinnstein floß. Es gluckste an manchen herausragenden Steinen, und je länger er zuhörte, desto weiter erstreckte sich die Umgebung hin, und das fließende Wasser wurde zu jenem Bach, dessen gluckernde Wellen eine fast vergessene Begebenheit erzählten. Die Stifte, die Beatrice ohne abzusetzen in dem Spitzer drehte, KNIRSCHTEN – und Keuschnig fiel auf einmal der eigene Name nicht mehr ein. Er war außer Gefahr, solange noch so viel Unerledigtes auf dem Küchentisch lag. Küchentisch: ein Wort, das jetzt etwas bedeutete, und eine sichere Sache. Er konnte davon aufstehen und immer wieder dahin zurückkehren – wo es die roten Bodenfliesen gab und Beatrice, die aufmerksam die Bleistifte drehte und plötzlich doch einen Stift anhielt und umgekehrt das Spitzgerät drehte, als ob eine bloße Vorstellung in ihrem Kopf unversehens ein leibhaftiger Wunsch würde, ein unpersönlicher Gedanke zu einem persönlichen Widerspruch oder eine längst überlebte Erinnerung zu einem gegenwärtigen Gefühl!: die Wohnung schien ebenerdig geworden um ihn herum, und hell und luftig wie irgendwo hoch oben. – Keuschnig schloß schwärmerisch die Augen, um nicht zu weinen, aber auch, um die Tränen so besser zu genießen.

Er sah alles wie zum letzten Mal. Während er Beatrice noch anschaute, verlor er sie schon. Er gehörte nicht mehr zu ihr, durfte nur noch so tun; *mußte* so tun. Es knisterte in ihm, dann stürzte alles durcheinander. Ein komplizierter Seelenbruch, dachte er. Einige Gefühlssplitter hatten sich durch die Umhüllung gebohrt, und er war für immer erstarrt. Wenn man vom Körper spricht, kann man doch nicht von einem häßlichen Schmerz sprechen? Beim Körper gab es die häßlichen *Wunden*, bei der Seele den häßlichen *Schmerz*. Und die körperlichen Wunden waren manchmal hübsch, Wunden, um die es richtig schade war, wenn sie vernarbten – bei der Seele gab es nur den einen, den *häßlichen* Schmerz. – »Ich glaube, ich habe zu viel gegessen«, sagte er zu Beatrice, die ihn ab und zu beteiligt, aber ganz ungerührt anschaute. Vor dem Fenster trieb ein kugelförmiger Blumensamen vorbei. Barmherzigkeit! Keuschnig hatte ein Gefühl, als ob sich die Scheiße in ihm quergestellt hätte. Gleich würde er laut in den Raum hineinfurzen.

Beatrice schaute einen Augenblick von ihm weg, blickte ihn aber sofort wieder an. Um mir zu helfen, dachte er voll Wut und hätte sie fast ins Gesicht geschlagen; der Unterarm auf dem Tisch war schon angespannt. Er zog ihn unauffällig zurück, und sie blies den Holzstaub aus dem Spitzgerät. Nur keine Sonderbehandlung! Heimlich überprüfte er, ob seine Beinstellung unter dem Tisch so war wie immer. Ein Bein ausgestreckt, das andre angewinkelt – richtig. Keuschnig fürchtete jetzt am meisten, daß jemand verständnisvoll sein oder ihn gar wirklich verstehen könnte. Würde einer wissend sagen: »Es gibt solche Tage, ich kenne das auch!«, so würde er sich ekeln; würde ihn aber jemand schweigend verstehen, so wäre das die Schande für ihn. Und Beatrice hatte weggeschaut, als ob sie ihn nicht durchschauen wollte ... Vielleicht hatte sie aber gar keine Lust, ihn zu durchschauen? Ja, sie hatte einfach keine Lust dazu. Und das hieß, daß sie ihn zum Glück nicht ernst nahm. Heiter berührte er sie, indem er aufstand und sich zu ihr über den Tisch beugte, und sie zog die Schultern zu den Ohren hinauf, verständnislos über seine Geste, und doch einverstanden, weil *er* es war. Es wird nie wieder wie früher sein, dachte Keuschnig – und er wollte das auch nicht mehr. Es war gar nie so gewesen! Wie kurzatmig erschien ihm sein bisheriges Leben, wie ... Er konnte es nicht einmal sagen. Und zum zweiten Mal wurde er neugierig. »Du hast auf einmal so verkleinerte Augen«, sagte Beatrice: »Denkst du an ein Abenteuer?« – »Und du?« – »Immer«, antwortete sie. »Gerade im verzücktesten Moment denke ich, daß ich das Innige erst noch vor mir habe.«

Sie verließen gemeinsam die Wohnung. Sie nahm den Aufzug, er ging die Treppe hinunter, auf der Straße trafen sie sich wieder und trennten sich zugleich, Beatrice mit einem ernsten, aber unbekümmerten Gesicht, ohne Worte, als sei das weitere schon geregelt. Bis dann, bis morgen. Und heute? Er würde zur Arbeit zurückkehren; um sechs im Elyséepalast an einer Pressekonferenz zum neuen Regierungsprogramm teilnehmen; um neun bei sich zu Hause mit einem österreichischen Schriftsteller, der gerade in Paris wohnte, zu Abend essen (eine der in seinem Budget vorgesehenen sitzenden Veranstaltungen); und nachher wohl müde genug sein zum traumlosen Schlafen. Ein volles Programm, dachte er dankbar, kein freier Moment, alles geregelt bis zum Ausschalten der Nachttischlampe gegen Mitternacht. Zumindest heute war jede Minute schon vorgesehen; keine gefährlichen überflüssigen Bewegungen; die Wonnen eines vollen Terminkalenders. – Und wirklich kam er sich bei diesem Gedanken wonnig umhegt vor. Unbesorgt konnte er also die Augen heben, und die Welt lag vor ihm, als hätte sie bis jetzt nur auf ihn gewartet.

Die Luft war so klar, daß man von dem Hügel aus nach allen Seiten über den Rand von Paris hinausschauen konnte, wo es schon wieder grün wurde. Es war ein Gesamtbild, das an kein Durcheinander mehr denken ließ; jede noch so widerspenstige Einzelheit dem Pauschaleindruck untergeordnet. Das war ihm jetzt recht, denn er wollte an nichts erinnert werden. Bei diesem Blick aufs Ganze, an dem auch nach dem ersten Hinschauen nichts Besonderes war, konnte er sich selber nach außen atmen, bis nichts Lästiges von ihm übrigblieb. – Plötzlich bemerkte er neben sich einen Touristen mit einer Armeejacke, in deren Brusttasche eine Zahnbürste steckte, und bevor er eigentlich diese Zahnbürste recht sah, erinnerte er sich, mit einem Ruck, als ob er sich dabei verdoppele, daß in dem Traum der vergangenen Nacht auch eine solche Zahnbürste vorgekommen war; und sie hatte mit ihm als dem flüchtigen Mörder zu tun gehabt. Dabei war es ihm hier oben doch bis jetzt geglückt, den Traum, wie man sagte, an seinem Platz zu sehen, eben als Traum. Und was jetzt? Welche Dummheit, daß so ein Panoramablick von oben die Dimensionen wieder zurechtrücken sollte. Was waren denn die richtigen Dimensionen? Der Traum ist wahr gewesen, und ich habe ihn an diese eingepaukte Harmonie verraten, dachte er. Panoramafeigling mit dem Segelfliegerblick! Der Traum ist vielleicht mein erstes Lebenszeichen seit langem gewesen. Er hat mich warnen sollen. Er wollte mich umdrehen, wie jemanden, der lange auf der falschen Seite gestanden hat. Ich möchte die schlafwandlerischen Sicherheiten für den Wachzustand vergessen. Die Träume zu vergessen, war immer leicht. Die Sicherheiten zu verlieren, wird anstrengend sein, weil mir täglich dieselben Sicherheiten begegnen werden – die doch nur andre mir vorgeträumt haben. Die Sicherheit in dem Blick etwa, mit dem ich von der Anhöhe hier auf das Gewimmel hinunterschaue, sichert den Lebenstraum von jemand anderem. Was ist mein Lebenstraum? dachte Keuschnig. Ich werde die Sicherheiten dadurch vergessen, daß ich mich an einen Lebenstraum erinnern werde. Sagen wir, der Traum der letzten Nacht sei mein Lebenstraum gewesen. – Keuschnig hatte Lust, dem im Rinnstein bergab fließenden Wasser, das bald in ein anderes mündete, durch die ganze Stadt nachzugehen.

So heiter es ihm an diesem Tag auch manchmal zumute war, so schnell ging die Fröhlichkeit jedesmal vorbei. Noch im Aufatmen stockte der Atem, so unmöglich wurde alles. Selbst in den Momenten der Heiterkeit konnte er nicht aufhören zu denken, wie es denn weitergehen sollte. Daß er immerzu nur an die Zukunft denken mußte und sich andrerseits keine Zukunft vorstellen konnte, machte die Hoffnungslosigkeit aus. Selten war er bis jetzt so heiter gewesen, noch nie so hoffnungslos. Und sooft er heiter war, hatte er kein Vertrauen mehr zu seiner Empfindung; die Fröhlichkeit blieb ihm nicht gegenwärtig, nichts blieb gegenwärtig – auch nicht der Gedanke an einen Lebenstraum. Er dachte immer nur an eines, wie ein Wüstling, wenn auch das Eine nicht das Loch einer Frau war, sondern das Unvorstellbare. Sah denn niemand sein obszönes Gesicht? Er verstand nicht, daß keiner ihm nach dem ersten Blick einen zweiten, speziellen zuwarf, daß keine Frau zur Seite schaute, wenn sie ihn erblickte. Doch, eine Frau hatte weggeschaut und angewidert das Gesicht verdreht. Vielleicht mußte er im Park neben einem Gebüsch stehen, damit mehr ihn so sahen?

Er spürte einen Blutgeschmack im Mund. Das Abstoßende war nicht, daß er über Nacht ungewöhnlich geworden war, sondern daß das andere so ewig gleich erschien. Und abstoßend war nicht, daß er sich so zeigte, sondern daß die Leute sich nicht auch so zeigten. Er überlegte, wie alt er war, und zählte nicht nur die Jahre, sondern auch die Monate und Tage, bis auf die Minute jetzt, in der er auf dem Hügel von Montmartre stand. So viel Zeit hatte er also schon verbracht! Wenn er sich vorstellte, wie schwer ihm allein die letzte Stunde vergangen war, dann wußte er nicht mehr, warum er nicht schon lange vorher erstickt war. Aber irgendwie mußte die Zeit doch vergangen sein? Ja, irgendwie war die Zeit vergangen. Irgendwie verging die Zeit. Irgendwie würde die Zeit schon vergehen: das war das widerwärtigste. Wenn er Leute sah, die älter waren als er, kamen sie ihm sofort überlebt vor. Er faßte es nicht, daß sie nicht längst verschwunden waren. Daß sie es überstanden hatten und sogar weitermachten, ging über seine Vorstellung. Es mußte ein Trick dabei sein – Routine allein half in einem solchen Fall nicht. Er bewunderte sie ein bißchen, aber vor allem widerten sie ihn an; er wollte ihre Tricks nicht kennenlernen. Der Däne dort in dem Wagen mit dem Kopenhagener Autoschild war gewiß bewundernswert, weil er so unverdrossen durch ganz Europa hierhergefahren war und sich nicht einfach unterwegs in einen Abgrund hatte fallen lassen – aber wäre es nicht ehrenhafter von ihm gewesen, wenn er zum Beispiel auf einer deutschen Autobahn sich wirklich mit dem Auto rechtzeitig eine Brücke hinuntergelenkt hätte? Er machte sich doch nur lächerlich hier, mit seiner dänischen Anwesenheit! – Überhaupt war nichts sinnvoll - nur vorgetäuscht sinnig; allzu sinnig, dachte Keuschnig. Daß ein Paar, welches sich an den Tisch eines Cafés setzte, dann beim Weggehen noch immer ein Paar war: sehr sinnig. Er verstand nicht, daß die beiden, wenn sie aufstanden, überhaupt noch miteinander redeten, und sogar freundlich, als ob nichts gewesen wäre. – Es war auch nicht richtig, daß er sich und die andern erst seit der letzten Nacht so erlebte. Allmählich erinnerte er sich, daß er es auch früher manchmal nicht fassen konnte, wenn alles nur ablief und blieb, wie es war. Einmal war er mit der Métro der Linie 9 durch ganz Paris gefahren, nur um zu erkennen, was die Reklamewandbemalung für DUBONNET genau darstellt, an der man in den dunklen Schächten zwischen den Métrostationen in regelmäßigen Abständen vorbeifährt. Der Zug fuhr so schnell, daß er immer nur denselben kleinen Teil der Reklamefläche sah, nie das Ganze, und aus dem Teil nicht klug wurde. Eigentlich hatte er schon in der Stadtmitte aussteigen wollen, aber so fuhr er bis zur PORTE DE CHARENTON am Südostrand von Paris, wo der Zug an einer Baustelle langsamer fuhr, bis er endlich sah, daß die undefinierbaren Flecken bunte Wolken darstellten und die Kugel davor eine Art Sonnenglobus mit den Farben aller Länder, in denen DUBONNET getrunken wurde ... Früher war manchmal alles zu schnell abgelaufen, und er lief mit, weil er es wiedererkennen wollte. Seit der letzten Nacht aber war etwas stehengeblieben. Es war unkenntlich, und er konnte sich nur davon abwenden. Eingeweiht sein war lächerlich geworden, wiederaufgenommen werden unvorstellbar, dazugehören die Hölle auf Erden. Er sah verkochten Reis aneinanderklumpen, in einem Topf so groß wie die Welt. Der Schwindel war aufgeflogen, und er war entzaubert.

Keuschnig ging den Hügel hinunter, Schritt für Schritt. Was für affektiert unbekümmerte Gangarten, was für feindselig sorglose Gesichter. Statt Nachahmenslust empfand er nur noch Nachäffungswut - jede Miene so sommerlich aufgekratzt, daß diese Visagen nur auszuhalten waren, indem man sie nachäffte, wie man sonst im Café, freilich oft unwillkürlich, den Gesichtsausdruck von geziert vorbeitrippelnden Frauen nachäffte, die nicht links und rechts schauen wollten, aus Angst, ihren Schein von Schönheit zu verlieren, oder wie manchmal Betrunkene die Entgegenkommenden plötzlich mit deren eigenen Gesichtern anstierten.

Eine Frau begegnete ihm, die mitten auf der Straße zu lächeln anfing und ein paar Laufschritte machte. Er erschrak. War sie wahnsinnig geworden? Dann sah er jemanden von weitem auf sie zugehen – und er lächelte auch! Unbeirrbar lächelnd gingen sie einander entgegen und retteten ihr unentwegtes Lächeln über die ganze Distanz und über alle Hindernisse, obwohl doch der Mann unterwegs über eine leere Holzkiste stolperte und die Frau mit jemand anderm zusammenstieß! Keuschnig ertrug das Schauspiel nicht länger und ging mit Urindrang weiter. Jetzt werden sie ihre äffischen Arme umeinander legen, sich in die jämmerlichen Augen schauen und sich links und rechts auf die kläglichen Wangen küssen, dachte er. Und dann werden sie unbeirrbar ihrer sinnlosen Wege gehen. Gespenstisch! Er hatte das Gefühl, den Unterkiefer sinken lassen zu müssen, um sich von all seinem Speichel zu entleeren. Er sah ein gedankenversunkenes Kind stehen, dem eine Blase aus dem Mund trat und platzte. Dann begegnete ihm ein Mann mit einem schwarzen Aktenköfferchen in der Hand. Daß der sich nicht schämt! dachte Keuschnig sofort. Ich müßte mich bekreuzigen vor ihm. – Dabei hatte er selber einen ähnlichen Koffer bei sich, den er, statt ihn in den nächsten Mülleimer zu stecken, heldenhaft weitertrug. Lauter Helden des Alltags, dachte er. Er kriegte das Idiotenlächeln, das er nachgeäfft hatte, nicht mehr los, und es fing ihn zu jucken an. Er kratzte sich nicht mit dem Finger, sondern indem er das Gesicht noch mehr verzog. Sogar die Säuglinge unter den Sonnenschirmen, mit ihren karottenbreibraunen Wangen, kamen ihm gekünstelt vor. Auch die tun nur als ob, dachte er. In Wirklichkeit ekeln sie sich zum Platzen vor ihrem abgeschmackten Säuglingsdasein! Wenn er ein Tier sah, wunderte er sich, daß es nicht gerade seinen Haufen machte. Einmal dachte er: Wenn mich jetzt jemand anredet, schlage ich ihm die Schädeldecke durch. Es brauchte ihn nur einer anzuschauen, und er sagte in Gedanken zu ihm: Wehe! (Trotzdem begriff er nicht, daß niemand ihn anredete. Als ihn ein Franzose aus der Provinz nach der Rue de l'Orient fragte, war er dankbar, daß er ihm Auskunft geben konnte, und ging ein paar Schritte wie beflügelt.)

Zu allem, was ihm begegnete, wollte er sagen: Tritt mir nicht mehr unter die Augen! Und sofort trat es ihm wieder unter die Augen, in andrer Gestalt, aber mit demselben Unwesen. Er nahm etwas nicht wahr, sondern es trat ihm unter die Augen. Er ging sehr schnell, damit seine Rücksichtslosigkeit nicht als etwas Besonderes auffiel. Und doch, wenn ihm eine Frau entgegenkam, von der er etwa den Brustansatz sah, schaute er ohne Hemmung hin, ob er nicht auch etwas von den Warzen erspähen könnte. – Alles sah versorgt aus: als ob im Bäumchen-wechsel-dich gerade der letzte seinen Platz gefunden hätte, und es brauchte keiner mehr überzählig herumzustehen. Wie langweilig kam er sich vor, so allein!

Das vertraute, süß nachwirkende Gefühl am Glied, das er sonst behielt, auch wenn er schon lange von Beatrice weg war, hatte ihn schnell verlassen. Er schaute nur noch *zu Boden*. Ein Pfirsichkern, gerade weggeworfen, lag feucht auf dem Gehsteig, und bei diesem Anblick erlebte er auf einmal, daß Sommer war, und das wurde jetzt seltsam wichtig. Ein gutes Omen, dachte er und konnte langsamer gehen. Vielleicht gab es noch mehr solcher Hinweise? Die Scheiben eines Cafés, das den Sommer über geschlossen hatte, waren von innen angeweißt... Ein Auto fuhr vorbei, auf seinem Dach ein Fahrrad, dessen Speichen sich blinkend drehten. Er atmete den Geruch der Meerestiere aus den inzwischen geschlossenen Marktbuden tief ein als etwas Wohltuendes.

Als er unten am Fuß des Hügels auf die Place Blanche hinaustrat, wurde es dort plötzlich so weit, daß er stehenblieb. »San Diego!« Hatte er das gerade gehört, oder war es ihm eingefallen? – Kaum daß ihm jedenfalls SAN DIEGO in den Kopf kam, ballte er die Fäuste und dachte: Wer sagt denn, daß die Welt schon entdeckt ist?

Im nächsten Moment, während er bewegungslos auf der Place Blanche stand, wollte er sofort von Paris wegfahren. Aber dann machte er sich klar, daß eine Reise vielleicht früher etwas geändert hätte – jetzt nicht mehr. Für das, was ihm zugestoßen war, gab es keine Fluchtmöglichkeit. Es war ihm auch nicht zugestoßen – es war eingetroffen. Er war schon lange fällig gewesen. San Diego und das Ballen der Fäuste: das bedeutete, daß er hier bleiben würde, und daß er noch nichts verloren gab. Ich werde es euch zeigen! dachte er. – Und trotzdem hörte er dann mit einem sehnsüchtigen Neid die Schreibmaschinengeräusche aus einem Reisebüro: die Maschine wurde so zögernd angeschlagen – jetzt ein Buchstabe, dann wieder einer –, als schriebe man gerade an dem schwierigen Namen einer überseeischen Stadt. Und dann das Rasseln der Rechenmaschine – als ob man dem dabeistehenden Kunden soeben die Rechnung ausstellte für den Flug und den Aufenthalt dort.

Ein Paar stand auf dem Gehsteig, beide schlotternd vor Alter, und der Mann hatte den zitternden Kopf auf die Schulter der Frau gelegt, nicht als eine augenblickliche Geste, sondern weil er nicht mehr anders konnte. Die Frau hielt seinen Kopf mit der Hand an sich gedrückt, und so überquerten sie langsam und unzertrennlich den Platz. Wie Mann und Frau, dachte Keuschnig höhnisch, und doch besänftigte ihn einen Moment lang eine Ahnung von etwas anderem. »Du bist nicht die Welt«, sagte er zu sich selber und war seltsam stolz auf die beiden. – Aber schon der übliche Hund auf dem Beifahrersitz des Taxis, in das er dann stieg, verbellte ihn, als gehörte er verboten, und bei dem altbekannten Dieselmotorgeräusch empfand er eine wütende Mordlust. Doch, er *war* jetzt die Welt, und seine Versuche, das zu vertuschen, erlebte er auf einmal als Bild: er legte immer wieder einen angebissenen Apfel so zu den andern in einen Korb, daß er heil aussehen sollte – aber der Apfel rollte jedesmal zur Seite, und die angebissene Stelle kam nach oben. So war es auch: schon kurbelte der Taxifahrer die Scheibe herunter und brüllte sein »Salaud!« hinaus, schon sprach er über die Schulter zu ihm als zu seinem Komplizen. Ich will niemandem mehr antworten, dachte Keuschnig, – nur noch ZUR SEITE SPRECHEN. Zur Seite winseln. Er fühlte plötzlich dem Hund die seitlich aus dem Maul hängende Zunge nach. Gegen diese geballte Sattsamkeit gab es kein Riechsalz. Eine Schweigeminute! dachte er, eine einzige Schweigeminute bitte in diesem ewigen Lärm des Unsinns! An einer Ecke hatte es zu krakeelen angefangen, und nun krakeelte vor seinen Augen alles durcheinander; kein Ende abzusehen – und doch kein andrer Gedanke im Kopf als der an ein Ende.

Im Innenspiegel des Taxis erblickte er unversehens sein Gesicht. Er wollte es zuerst nicht erkennen, so entstellt war es. Ohne daß er nach Vergleichen suchte, fielen ihm sofort mehrere Tiere ein. Jemand mit diesem Gesicht konnte weder Gedanken noch Gefühle aussprechen. Er schaute sich noch einmal an, aber weil er jetzt, wie am Morgen bei dem Spiegel vor der Bäckerei, darauf vorbereitet war, fand er das Gesicht nicht wieder, auch nicht, als er es suchte, indem er Grimassen schnitt. Aber es war passiert: mit diesem einzigen, nicht vorgefaßten Blick hatte er auch noch das Einverständnis mit dem eigenen Aussehen verloren. Wie mußte sich Beatrice überwunden haben! Die Frauen ekeln sich ja weniger, sagt man? Jedenfalls sollte man mit einem solchen Gesicht still sein, dachte er. Mit dieser Larve war es sogar eine Anmaßung, Selbstgespräche zu führen. Undenkbar, noch einmal freundschaftlich zu sich selber »Na du!« zu sagen. Andererseits – und bei diesem Gedanken setzte er sich auf – konnte er sich mit einem solchen Gesicht auch die Gefühle leisten, die bis jetzt nur in den Träumen vorgekommen waren! – Und sofort erinnerte er sich, mit welch fremdem Genuß er in einem Traum einmal eine Frau angepinkelt hatte. Damals hatte ihn das beim Aufwachen geniert. Das war nicht ich, dachte er sofort. Zu seinem neuentdeckten Gesicht aber paßte dieser Genuß; er war ihm nicht fremd – das *war* er. Und so wurde ihm klar: mit dem entlarvten Gesicht durfte nichts mehr, nichts mehr ihm fremd sein. Die Entschuldigung der Fremdheit war ungültig geworden; aber auch jede Reue könnte er sich sparen. Mit dieser gemeinen Miene gab es keine Ausreden. Keuschnig traute sich alles zu, sogar einen Lustmord. Endlich gestand er sich ein, daß der Mord an der alten Frau im Traum ein Lustmord gewesen war. – Plötzlich begann der Hund des Taxifahrers ihn anzuknurren, und Keuschnig bekam Angst vor sich selber. Schnell zur Arbeit, dachte er; gutes, liebes Büro.

Der Nachmittag dauerte schon lang, und jetzt wurde die Zeit akut, wie ein Organ, das man erst spürt, wenn es nicht mehr funktioniert. Auf einmal gab es so viel von ihr, daß sie eine eigene Existenz bekam und nicht mehr nur so verging. Das betraf alle: keine Tätigkeit mehr, in die man sich flüchten konnte; und Keuschnig dachte fast befreit, daß es endlich nicht nur ihn allein betraf. Das unselbständige Organ der allgemeinen Einheit verselbständigte sich; es hörte auf, nur zu funktionieren, und nichts funktionierte mehr. Der Tag schien zu lang geworden, und aus der Zeit wurde ein feindliches Element, das die dösende Zivilisation mit einer Katastrophe bedrohte. Es war, als ob die Normalzeit nicht mehr in Kraft sei, und was sich zu dem feindlichen Element zusammengezogen hatte, gälte nun einem Menschen nur noch, wie jemandem eine Fallgrube »gilt«, ließe sich auch nicht erwittern von einem Tier. Die Zeit verging plötzlich zwischen den Häusern wie für ein außermenschliches System, in einem andern Sinn, als die Straßen verliefen, die Kaimauern gezogen waren und die Kräne schwenkten; und anders, als die Taubenfedern von den Dächern im Fallen um sich selber wirbelten und die Samenkugeln zwischen den Autos flogen. Keuschnig erschien die Welt unter dieser unbarmherzigen Elementarzeit wie unbeseelt. Sie krebste hin unter dem sehr hohen, strahlenden Himmel; jedes Auftreten von Menschen ein bedeutungslos gewordenes Zwischenspiel. Ein paar Kinder hüpften auf einem für ein längst zu Ende gegangenes Fest zusammengeschusterten Tanzboden, und einige lächerliche Botschaften, die von niemand mehr verstanden würden, schlitterten kreuz und quer. Der Himmel wurde zu hoch für die höchsten Zivilisationsauftürmungen im Vordergrund des Bildes, als ob er schon zu einem anderen System gehörte, und die menschliche Landschaft verwahrloste vor Keuschnigs Augen zu Jahrmarktsramsch vor dem kompakt drohenden Hintergrund. Das tiefe Blau, mit dem die zuviel gewordene Zeit niederdrückte, war eines – die schlecht gewürfelten Botschaften darunter, denen er (und alle mit ihm!) nur noch aus Lebens- oder Todesangst so etwas wie einen Sinn abschwindeln konnte, das unwesentliche andere. Über die Place Concorde sah Keuschnig den Himmel sich wölben als etwas Unzugehöriges, das an den Rändern feindselig auf den Platz herab stürzte. In den Laternenlampen auf der Pont des Invalides glimmte es ähnlich schwarz vor seinen Augen wie nach einem langen Starren in das unbewölkte Firmament hinein, Erinnerung an ein Fest, das zu Ende war. Nicht jetzt die weiten freien Plätze sehen! Er verließ schon vor der Esplanade des Invalides das Taxi und brachte sich laufend in welche Sicherheit? Unterwegs fiel plötzlich aus dem finster heiteren Himmel ein warmer Regentropfen auf seinen Handrücken ... Als Keuschnig in der Rue Fabert das gelbe Messingschild »Österreichische BOTSCHAFT« erblickte, konnte er darüber »schon wieder lachen«, und dann, bei der ernsten Arbeit im Büro, ja kaum daß das reine weiße Papier aus der schwarzen Walze der Schreibmaschine wiederauftauchte, schienen ihm alle Vorgänge ihre gewohnte Funktion zu bekommen ... Nur einmal duckte er sich und hielt sich die Ohren zu, und das Herz klopfte ihm tief im Körper, als ob draußen, außerhalb der schützenden Wände, etwas tobte, gegen das auch die bestangeschminkte Botschaft nichts ausrichten könnte. Wehe denen von uns, die jetzt schutzlos sind, dachte er und hoffte nebenbei doch, daß dieser Zustand andauern würde, weil er in seiner Katastrophenstimmung nichts mehr von sich persönlich spürte, oder jedenfalls so wenig, daß er es mit allen andern gemeinsam zu haben glaubte. Und wenn er sich täuschte? – Es wäre das Ende einer Möglichkeit, dachte Keuschnig, wenn auch dieser allgemein erscheinende Zustand draußen wieder nur mein höchsteigener wäre.

2

Keuschnig arbeitete seit einigen Tagen an einem Bericht für das Außenministerium mit dem Titel »Das Österreichbild im französischen Fernsehen«, Untertitel: »Österreich, ein Atelierfilm«. Darauf hatten ihn ein paar Fernsehfilme nach Erzählungen Arthur Schnitzlers gebracht. Die Personen in diesen Filmen waren nämlich nur in kahlen Innenräumen aufgetreten; »außen« war höchstens das Innere einer Kutsche. Keuschnig hatte schon beschrieben, daß es das Dekor war, mit dem diese Filme ihr Österreichbild ausdrückten, und zwar nicht, indem die Ateliers mit österreichischen Besonderheiten ausgestattet waren: – die kahlen Ateliers selber erschienen als die österreichische Besonderheit, so daß die Personen vor einem Dekor erlebten, das überall hätte sein können. Ein geschichtsloses Niemandsland mit geschichtenlosen Jedermännern: gerade das schien nach den Filmen das Besondere an Österreich zu sein. Wenn jemand aufgeregt hereintrat, hatte er das Aufregende nicht in einem bestimmten Land erlebt, sondern im Vorzimmer. Keuschnig wollte nun beweisen, daß die Personen dieser Filme, dadurch, daß das Land nie mitspielte und nie ein Seitenblick in eine Landschaft etwa die Geschichte wendete, ihre Erlebnisse nur noch AUFZUSAGEN schienen (nachdem sie diese im Vorzimmer vielleicht noch memoriert hatten) – AUSWENDIG gelernte Umarmungen;

AUSWENDIG gelernt, wie zwei sich in die Augen schauten; AUSWENDIG gewußt, wie man die Lippen aufeinanderpreßte –, und daß die Filme selber ... (was wollte er eigentlich?), daß also dadurch, daß die Personen dieser Filme ... (auch er konnte also auswendig Sätze bilden?) ... nicht wirklich lebten (was hieß das?), sondern ... nur AUSWENDIG gelernt hatten, WIE MAN LEBEN VORTÄUSCHTE ..., weil sich, wie gesagt, schrieb Keuschnig, an einem Land, dessen Besonderheit es zu sein hat, daß es nur aus kahlem Dekor besteht, nichts mehr erleben läßt ..., daß daher die Filme Österreich als ein Land zeigten, in welchem nur noch FORTSETZUNGSGESCHICHTEN erzählt werden könnten, und zwar, als ob diese das eigene Leben wären! (aber in welchem Land oder in welchem System erzählte man sich nicht bloße Fortsetzungsgeschichten als eigene Erlebnisse?) –, und daß also die Filme ...

Auf einmal wußte Keuschnig nicht mehr, was er hatte beweisen wollen, und wurde froh darüber. Er zerriß das Papier. Dann suchte er, was er noch zerreißen könnte. Es machte ihn zufrieden, eine Zeitlang Papiere zu zerknüllen, zu zerreißen, wegzuwerfen. Es war, als ob er Rache nähme für etwas! Er suchte im ganzen Büro Sachen zum Wegwerfen zusammen, reihte sie vor sich auf und warf sie dann einzeln, indem er weit ausholte, auch wenn es nur leichte Briefumschläge waren, in den Papierkorb. Er zerriß die Ansichtskarten der

Botschaftsangestellten, die gerade in Urlaub waren, und warf sie dazu. – Eigentlich könnte ich an diesen Filmen auch das Gegenteil zeigen, dachte er. Noch gestern hätte er an Satz für Satz folgerichtigen Beweisen auch sich selber mitbeweisen wollen – jetzt las er lieber die Zeitungen weiter, um sich einen harmlosen Nachmittag zu machen. Er las auch die Horoskope und spürte, wie er immer unauffälliger wurde. In wohliger Unbescholtenheit saß er allein im Zimmer; gönnte sich höchstens einmal einen Blick auf den Kastanienbaum vor dem Fenster, wo zwischen den dunkelgrünen Blättern schon die viel heller grünen, stachligen Fruchtschalen leuchteten. Wie recht die Zeitungen heute hatten – wie sehr er heute an den Kommentatoren schätzte, daß sie Meinungen hatten! Die denken nicht an sich! dachte er – und war getroffen. Er hatte Lust, jede Zeile anzustreichen. Bei einem Bericht über »Das traurige Schicksal der . . .« fühlte er sich aufgefordert, sich die Selbstlosigkeit des Reporters zum Beispiel zu nehmen, weil dieser sein sicherlich ebenso trauriges eigenes Schicksal hintansetzte. – Besonders berührten ihn die Witze. Welche Unverdrossenheit brauchte man, um sich einen Witz auszudenken! Wie uneitel war es doch, an allem, was einem unterkam, das Komische zu suchen – denn es MUSSTE an allem ein Witz dran sein! »Kennst du das: jemand träumt, ein Mörder geworden zu sein?« – »Ja. Aber was ist der Witz daran?« War das die Lösung? – Jedenfalls war Keuschnig neidisch auf die allgemeine Todesverachtung, während er in heimeliger Unauffälligkeit die Abendzeitungen las.

Dann merkte er, daß er schon seit einiger Zeit zu lesen aufgehört hatte – und nur noch den Schreibtisch vor sich anschaute: die Schreibmaschine, die allesamt ordentlich aufgereihten Bleistifte, die in seiner Hand GEZÜCKTE Füllfeder. Mit welcher Scheinheiligkeit ich die Sachen hier geordnet habe! dachte er. Ich rede mir damit eine Sicherheit ein, die es gar nicht gibt. Als ob allein mit der Vorbereitung der Arbeitsgeräte alles den üblichen Gang nehmen würde, und es könnte mir nichts mehr zustoßen. – Wie er sich betrog, indem er die Sachen zu INSTRUMENTEN angeordnet hatte und sich dahinter verschanzte, als sei er nichts als ihr Funktionär! Sicherte denn der Kurzwellenempfänger, indem er ihn bediente, schon seine Zukunft? Oder war der Korb neben der Tür mit der Aufschrift AUSGÄNGE die Gewähr, daß dann der Amtsdiener die ihm abgeforderten Berichte und Briefe auch wirklich zur rechten Zeit vorfinden würde? – Ein Auto bremste draußen auf dem Platz, mit einem Aufheulen, daß Keuschnig dabei einen Hund hörte, dem er einmal auf die Pfote getreten war. Alles stand wieder auf dem Spiel, von einer Sekunde zur andern. Er mußte endlich anfangen, über sich nachzudenken. Nur wie? Er wurde geboren als ... Mein Vater war ... Meine Mutter hatte ... Schon als Kind fühlte ich manchmal ... Gab es denn keine andere Möglichkeit, über sich nachzudenken? Wenn ich jetzt sterbe, dachte Keuschnig plötzlich, werde ich nur Unordnung hinterlassen!, – und er fing an, mit der schon gezückten Füllfeder sein Testament zu schreiben, wobei er jedes Wort, sogar die Zahlen, *aus*schrieb, um das Schreiben, bei dem er sich sicher fühlte, möglichst lange hinzuziehen. – Während die Feder kratzte, schien der Tod weit von ihm wegzurücken. Er steckte das Testament in einen Umschlag mit der Aufschrift: »Erst nach meinem Hinscheiden zu öffnen« – weil er das Wort »Tod« vermeiden wollte.

Er schaute auf die Esplanade des Invalides hinaus: nichts Bezeichnendes; nichts für ihn. Er zwang sich, etwas zu betrachten, damit die Herzschmerzen aufhörten: die Bauhütten zum Beispiel, errichtet für die Verbindung zweier Métrolinien? Sie waren so klein, daß die Arbeiter gebückt, im Rückwärtsgang, daraus hervorkamen. Aha, dachte er. An den Laubbäumen auf dem großen Platz waren schon viele Blätter gelb und zerfressen: so. Oder der blasse Mond am östlichen Himmel? Warum nicht. Eine der Fensterscheiben des Air France-Busbahnhofs weit weg am anderen Ende des Platzes blendete jetzt wie üblich in sein Zimmer hinein, nur etwas früher als gestern. Schon gut, dachte Keuschnig. Er sagte sich alles wörtlich vor, was zu sehen war – damit er es überhaupt wahrnahm.

Dann bemerkte er, daß im selben Stockwerk wie er, ein paar Räume weiter, hinter der Fahnenstange, noch jemand am Fenster stand: ein Mädchen, das er kaum kannte; sie arbeitete erst seit einigen Tagen als Urlaubsvertretung in der Registratur. Ohne ihn besonders zu beachten, begoß sie mit Wasser aus einer kleinen Kaffeeschale einen Pelargonientopf. Dann verschwand sie vom Fenster und kam mit der wiedergefüllten Schale zurück. Es fiel ihm auf, wie hoch sie die Schale über die Blumen hielt und mit welch behutsamem Strahl sie das Wasser ausgoß. Ihre Lippen waren dabei geöffnet, das Gesicht seltsam alt, und auf einmal kam ihm vor, als ob er sie bei etwas Verbotenem beobachtete. Es wurde ihm heiß und schwindlig, aber er konnte nicht mehr woanders hinschauen. – Als sie vom Fenster wegtrat, hoffte er, daß sie wiederkäme. Sie zeigte sich sogar früher, als er erwartet hatte; kam richtig gelaufen, wie aufgeregt, und schaute ihn schnell von der Seite an – goß dann aber noch behutsamer, verzögerte sogar das Umkippen der Tasse: als hätte sie einen Widerstand zu überwinden. Plötzlich schaute sie ihn noch einmal an – ohne daß sich ihr Gesicht dabei änderte, mit einem langen Blick, der nicht abbrach, alt, böse und vergrämt vor Geilheit. Sein Glied wurde steif, und er erschrak und wich kurz zurück. – Dann vergaß er alles und ging schnell durch den Flur zu ihr hinüber. Sie kam ihm im Zimmer entgegen. Er sperrte noch die Tür ab. Mit zwei, drei Bewegungen waren sie am Boden ineinander, mit ein paar weiteren riß sie die Augen auf, und er schloß sie. – Beide gleichzeitig fingen sie im nächsten Moment fürchterlich zu lachen an.

Keuschnig hatte nicht das Gefühl gehabt, mit einer einmaligen, bestimmten Frau zusammen zu sein, und spürte noch danach eine gegenseitige Macht und Ungebundenheit. – Einer half dem anderen auf. Sie saßen auf zwei Stühlen, sie hinter dem Schreibtisch, er davor, und schauten einander verschworen an. Sie war ernst, lächelte nur einmal mit geschlossenen Lippen, während sie ihn anschaute, wurde gleich wieder ernst. Auch er konnte sie selbstverständlich anschauen, ohne Anstrengung; ohne die Angst, sich zu verraten. Sein Blick brauchte nichts mehr zum Festhalten, keine Einzelheiten, keine Eigenarten, an denen er sie wiedererkennen könnte – er sah sie umfassend, und nichts fiel ihm an ihr auf. Wenn er in diesem Augenblick zu ihr gesagt hätte, daß er sie liebe, hätte er, wenigstens einen Atemzug lang, auch gewußt, was er damit meinte. Das WAR es jetzt, und es gab nichts zu sagen. Er hatte vor ihr kein Versteckspiel nötig, nie mehr. Ohne Angst vertiefte er sich in sie: sie hatten voreinander keine Geheimnisse, aber ein gemeinsames Geheimnis vor den andern. Einige Augenblicke lang hatten sie ALLES gemeinsam. Sie ließen die Telefone in dem Gebäude schrillen, ließen den Aufzug surren, unten im Hof den Türöffner schnarren, im Zimmer eine Fliege summen: nichts konnte sie von ihrer ruhigen Gedankenlosigkeit abbringen. Das handgeschriebene Schild an der Wand über ihr PER ASPERA AD ACTA schaute er an, ohne daß es ihm jetzt lächerlich vorkam, und das Taubenpaar im Efeu an der gegenüberliegenden Hausmauer gurrte ohne Anzüglichkeit. Es wäre ihm auch gleichgültig gewesen, wenn sie vorhin jemand beobachtet hätte. Sollte er nur! – sie brauchten kein Geheimnis, und vielleicht würde es denjenigen sogar auf eine Idee bringen? Er schaute sie unverwandt an und dachte auf einmal: Jetzt habe ich also eine Verbündete! Ohne daß er etwas gesagt hatte, nickte sie, hielt dann den Finger vor den Mund; legte ihn auf die Unterlippe, wie um die Bedeutung aufzuheben. Sie lachten wieder, überrascht und fast stolz. Nun redeten sie auch miteinander, und es störte ihn nicht einmal, als sie sagte: »*Wenn* ich mit einem Mann zusammen bin . . . *wenn* man mich hier berührt . . .« – es freute ihn sogar, daß er für sie austauschbar war. Beim Hinausgehen küßte er ihr die Hand. – Doch als er in seinem Zimmer einmal an sie dachte, bekam er Atemnot, weil ihn nichts mehr daran erinnerte, wie er mit ihr geschlafen hatte. Es gab nichts Einzelnes – weder ein Gefühl der Wärme, noch einer Weichheit, noch einer Nachgiebigkeit –, an das er sich halten konnte! – Darüber erst schämte er sich ein bißchen.

Als Keuschnig gegen sechs auf den Platz trat, um zur Pressekonferenz in den Elyséepalast zu gehen, blieb er plötzlich stehen und stemmte die Hände in die Hüften. Er wurde angriffslustig gegen die ganze Welt. »Jetzt habe ich dir's gezeigt!« sagte er. »Ich werde dich noch unterkriegen.« – Mit geballten Fäusten lief er auf die Invalidenbrücke zu, überquerte unbekümmert um die

Autos den Quai d'Orsay. Es drängte ihn, auf der Stelle einen Widerstand zu brechen und sich an etwas zu beweisen. Er war jetzt sicher, es gab noch etwas auszurichten – aber wo? Die Münzen klimperten in der Tasche beim Laufen, und er lief nur noch schneller, rannte, VERFOLGTE. Wenigstens kurze Zeit hatte er das Gefühl, allmächtig zu sein und auf die Welt hinunterschauen zu können. Sie war für ihn bestimmt gewesen, und jetzt drang er in sie ein, um die abgefallenen Dinge zu sich zu bekehren. »Da bist du ja, Seine!« sagte er gönnerisch, während er über die Brücke lief. »Fließ nur so nichtssagend weiter – ich werde dein Geheimnis schon noch herauskriegen!« – Dann dachte er: Ich erlebe ja etwas, – und auf einmal freute er sich und ging langsamer. Agnes hatte oft zu ihm gesagt: »Nie erzählst du etwas!« Jetzt hatte er etwas zu erzählen: wie er Kusch! gesagt hatte – und zumindest ein paar Minuten hatte die Welt gehorcht. Er würde noch Einzelheiten dazufügen: daß steile Straßen plötzlich eben geworden seien, ganze Häuserzüge ein Stockwerk niedriger. Es wäre eine Geschichte für sie: denn für sie war »die Welt« noch ein Raummaß. – Und wenn er ihr nichts erzählen würde? Da er ja nichts mehr zu sagen hatte? – Dann hätte er wenigstens etwas für sich selber, gegen das, was ihm unweigerlich bevorstand und das mit einer solchen Erinnerung vielleicht besser vorstellbar wäre. Ich kann mich freuen, dachte er überrascht: Ich bin jemand, der sich freuen kann. Das ist auch etwas, das ich erst seit heute beachte.

Er hatte plötzlich Lust zu *zeichnen*: und zeichnete mit dem Finger das Pickelhaubendach des Grand Palais in die Luft, an dem er auf dem Weg durch die Avenue Franklin D. Roosevelt gerade vorbeiging. . . .

In Paris war gewöhnlich der Himmel zu sehen, auch ohne daß man den Kopf hob: sogar beim Geradeausschauen erschien er am Ende vieler Straßen. So fiel Keuschnig auf, daß inzwischen Wolken am Himmel waren, sehr weiße, unbewegliche Streifen hoch oben, und darunter, ziemlich tief und quer zu den Streifen, durch die Nähe etwas dunkler wirkende Wolken, die sehr schnell knapp über die Dächer zogen und deren Formen sich veränderten, bevor er sie wahrnehmen konnte. Warum wird mir der Himmel jetzt auffällig? dachte er. Er fiel ihm eigentlich nicht auf, er sah ihn nur, beteiligt, ohne Hintergedanken. Einige Schritte lang beschäftigte er ihn, und zwar ausschließlich, so daß er nachher dachte: Ich möchte erreichen, diese selbstlosen und doch ausgefüllten Momente, wo man nichts extra beobachtet, wo einem aber auch nichts entgeht, länger auszuhalten. Trotzdem machte ihn schon der nächste Blick auf die Wolken wieder verdrossen. Er wollte nichts mehr sehen. Verschwinde endlich – alles! Er ging in der Mitte des Gehsteigs mit den Händen in den Hüften und hatte Lust, jemanden anzupöbeln. Ausweichen, ihr Sinnreichen! Er würde einer Frau nur ein Wort zurufen, und sie müßte ihr Leben lang daran denken. Das Wort finden, auf das kein einziger mehr eine Antwort wüßte!

Oben am Ende der Champs Elysées stand nur noch ein Motiv, der Triumphbogen, und unten vom Rond Point aus blickte man durch ihn durch auf nichts als den westlichen Himmel, der in dem Belag der weitgestreckten Avenue widerschien. »Wäre man weiter hinaufgegangen, hätte man dahinter die Kräne gesehen, mit denen immer noch neue Häuser zu dem Vorort La Défense dazugestellt wurden.« – Ich nehme wahr wie für jemand andern! dachte Keuschnig. Es war aber eine kurze Ablenkung.

Mit der Bewegung, mit der er dann vom Gehsteig in den Drugstore an der Avenue Matignon einbog, kam er sich auf einmal, wenigstens fürs erste, gerettet vor. Schon das EINBIEGEN – die Tatsache, daß er aus dem bedrückenden Geradeaus ausscherte – war wie ein Einkehren gewesen, und als er durch den Drugstore ging und sich fortbewegte unter vielen andern, in einem von ihm unabhängigen Rhythmus von Stocken, Ausweichen, Weitergehen, nur noch Drugstore-Bewegungen ausführte – mitmachte: da konnte er sich vorstellen, ein ganz anderes Leben zu führen, frei nach dem Drugstore-Gefühl, in dem ihm alles so problemlos wurde. »Ja, ich werde ein neues Leben anfangen!« sagte er, laut, als ob es sich um etwas Dringendes handelte, und eine Erinnerung kam ihm: Schulkinder in Turnhosen

2,24

Kindheitserinnerung

standen in einer Reihe, davor zwei, die Spielführer, die abwechselnd die Namen derer aus der Reihe nannten, die sie in ihrer Mannschaft haben wollten. Die Genannten traten heraus – wobei die guten Spieler schnell vergeben waren. Dann standen nur noch die Nichtskönner verlegen aufgereiht: bitte, nenn endlich meinen Namen! Noch der vorletzte kam davon – nur nicht der allerletzte sein, allein stehenbleiben müssen ... Dagegen hier die zerknüllten Papierservietten auf den ketchupverschmierten Tellern, die jungen, allein sitzenden Frauen davor, die über den geöffneten Handtaschen ihre Liebesbriefe wiederlasen: in diesem Durcheinander galt kein Spiel mehr, wo jemand der letzte sein mußte. – Keuschnig kaufte sich an dem Bücherstand drei Restaurantführer. Er wollte sie von vorn bis hinten lesen. Noch etwas, an das ich mich halten kann, dachte er.

Und dann trat er wieder auf die Straße hinaus . . . Dieser schmierige Drugstore mit den zertretenen Pommes frites auf dem Fußboden und den Zeitschriften, die alle schon Eselsohren hatten! Der Himmel bewölkte sich beim Zuschauen – während er an der Kreuzung stand. Er versuchte, sich an das neue Gefühl zu erinnern, mit dem er gerade noch eingebogen war. Welches Einbiegen? Plötzlich erinnerte er sich an nichts mehr; auch an nichts andres. Er konnte zwar alles aufzählen, sich aber an nichts erinnern. Er hatte die Tatsachen behalten, aber nicht die Gefühle. Als ihm vor einigen

Jahren die Säuglingsschwester durch die Glasscheibe zum ersten Mal das Kind gezeigt hatte, da hatte sich bei dem Anblick des Gesichts, das das Kind sich selber zerkratzt hatte, doch etwas in ihm bewegt? Er fühlte ein Glück, sicher – aber wie war es wirklich gewesen? Nicht an eine Empfindung erinnerte er sich, sondern an die *Tatsache*, daß er glücklich gewesen war. Es war ihm nahe gegangen, freilich, aber nicht einmal mit geschlossenen Augen konnte er diesen Zustand jetzt nachfühlen. Versuch es, indem du geduldig einatmest. Er versuchte es ... aber der Atem kam in die falsche Kehle, und er verschluckte sich. – Er sah einen leeren Bus vorbeifahren, auf den von der Seite die tiefstehende Sonne schien, so daß sich an jedem Fenster dicht aneinander Nasenabdrücke zeigten. Ein Tier, dachte Keuschnig, gedächtnislos. Er konnte nur weitergehen, indem er sich die Schritte *vor*zählte: eins ... – und zwei ... – und drei, als ob er sich selber zur Fortbewegung überlisten müßte.

Als er über den jetzt, Ende Juli, leeren Kinderspielplatz am Carré Marigny ging, war der Himmel schon ganz bedeckt. Es blies ein starker, kalter Wind, und die Kastanienbäume rauschten, daß man die Autos auf den Champs Elysées nicht mehr hörte. Kleine morsche Zweige spritzten auf den Boden. Die Pferde an dem Kinderkarussell waren den Sommer über mit Säcken und Plastikhüllen verdeckt und mit dicken Stricken zugeschnürt. Es wurde ziemlich dunkel; Keuschnig war allein auf dem Carré, Staub wehte ihm in die Nase. Der Wind blies jetzt so stark, daß er plötzlich eine grausige Angst bekam und sich nicht mehr beherrschen konnte. Er lief zu dem Telefon an einer Bushaltestelle der Avenue Gabriel und rief an: Agnes war da – sie hob selber ab, biß beim selbstvergnügten Antworten ein Bonbon durch . . .

Im Weitergehen fiel ihm ein, daß er gerade Angst gehabt hatte. Ein Gefühl; – erinnere dich. Wie war das gewesen? Die Muskeln und Sehnen im ganzen Körper hatten sich mit einem Schlag verhärtet, zu einer eigenen Struktur . . . wie zu einem zweiten Skelett. Ja, so hatte er die Angst gefühlt. Ich muß alle Gefühle neu entdecken! dachte er.

3

Obwohl die Avenue Marigny, an der der Elyseepalast liegt, mitten durch Paris führt, geht man an keinem Geschäft, auch kaum an den Fenstern eines bewohnten Hauses, sondern immer an Kastanienbäumen und hohen Parkmauern vorbei. Nur an der Einmündung in die Rue Faubourg St. Honoré gibt es ein Restaurant mit einem Zeitungsstand davor. Die Avenue ist für eine Auffahrtsstraße nicht lang und nicht sehr breit, aber gerade und übersichtlich. Es parken kaum Autos in der Umgebung, nicht einmal auf den Gehsteigen, weil dort dicht nebeneinander Betonpflöcke eingelassen sind. – Sie ist leer auch von Menschen; nur Polizisten gehen vor den hohen Mauern auf und ab, die Hände auf dem Rücken, und als Keuschnig in sie einbog, griff er unwillkürlich sofort nach seinem Paß, als ob er in dieser Straße nicht ohne Ausweis sein dürfte . . . Ein Polizist stand an der Ecke in einem Schilderhäuschen und ließ eine Trillerpfeife an einer langen Schnur um seinen Finger kreisen. Gut, daß Keuschnig jetzt niesen mußte. Das war doch ein Harmlosigkeitsbeweis, oder? Aber er fühlte, daß mit seinem Gesicht an diesem Tag niemand ihn vergessen könnte. Jeder Versuch, sich unbefangen zu geben, würde ihn nur noch auffälliger machen. Er sah einen Mückenstich am Hals des Polizisten, und zugleich kam ihm wieder ein Bild aus dem Traum dazwischen: sein Oberkörper fleckig von Mückenstichen. Er war nackt gewesen, fiel ihm ein, wie oft in den Träumen – aber diesmal hatte er, anders als sonst, nackt sein *wollen*. Er hatte erstmals eine Lust dabei gespürt, sich nackt zu zeigen, und zwar nicht jemandem allein, sondern einer ganzen Gesellschaft; und statt nur vorbeizulaufen, stellte er sich vor alle hin.

Wie viele welke Kastanienblätter schon im Rinnstein zusammengeweht sind! dachte er, ein Wort nach dem andern – als könnte so ein wörtliches Denken ihn beschützen. Zwei andere Polizisten kamen ihm entgegen, die Lederhandschuhe hinter den weißen Gürtel am Bauch gesteckt, die Hosen unten in hohen Schnürschuhen. Daß sie zu zweit waren, lockerte und verbündete sie in seinen Augen. Er war nur ein dritter. Aber auch wenn er mit noch jemandem gewesen wäre, mit vielen, hätte man bei einer Gegenüberstellung sofort auf ihn gezeigt: Das ist er! – Er beneidete die Polizisten um ihre Gesichter. Wie schön sie ihm erschienen in ihrer Selbstsicherheit; schön, weil sie nichts zu verbergen hatten; schön in ihrer ungebrochenen Äußerlichkeit. Im Ernstfall würde jeder von ihnen genau wissen, was er als nächstes tun müßte, und was danach. Bei ihnen war alles geprobt; und es konnte ihnen nichts mehr zustoßen, weil sie für alles schon von vornherein eine REIHENFOLGE hatten. Jede Möglichkeit durchgespielt, für jede Eventualität gesorgt. Wie

Pioniere erschienen sie ihm, wie Amerikaner, zum Beispiel aus Grand Rapids – und da konnte man doch nur unsterblich sein!

Ich brauche auch eine Reihenfolge, dachte Keuschnig. – Aber für eine Reihenfolge brauchte er voraus ein System. – Aber es gab für ihn kein System mehr. – Aber wozu brauchte er dann eigentlich eine Reihenfolge? – Um zu vertuschen, daß er kein System mehr hatte. – Mir fällt nur ein, was ich nicht gebrauchen kann, dachte er.

Der nächste Polizist, an dem er vorbeiging, war allein – aber auch allein war er in Harmonie. Vielleicht macht das die Uniform, dachte Keuschnig. Dann begegnete ihm ein einzelner Mann in Zivil, auch sein Gesicht im Ebenmaß. Wie menschenähnlich schienen noch alle, im Vergleich zu ihm. Der Wind warf eine Parkverbotstafel um, und wieder begann er die Todeszeichen zu sehen. Er war schon vorbeigegangen, kehrte dann um und stellte die Tafel wieder auf, als ob er dadurch etwas ungültig machen könnte. – Als nächstes sah er durch eine Luke in der Parkmauer viele leere Schilderhäuschen nebeneinander aufgereiht auf einem Schotterweg liegen. Auch da ging er zurück und betrachtete die Häuschen in allen Einzelheiten – die Sichtschlitze zu beiden Seiten, die kleine Zentralheizungsplatte an der Hinterwand –, damit sie wieder zu nichts als menschlichen Handwerkserzeugnissen würden. Er zählte sogar die Rippen der Heizplatte: daß es gerade sechs waren, das konnte doch nichts bedeuten? Das nächste Zeichen war das Restaurant an der Ecke: Wenn es in einem der Restaurantführer empfohlen wird, dann kann nichts passieren, dachte er; wenn nicht – Das Restaurant war in den drei Führern nicht einmal erwähnt! Ein Polizeiwagen näherte sich, mit Blaulicht und Sirene, und fuhr in eine andere Straße. Wenigstens dem Zeitungsverkäufer, an dessen Stand er gerade vorbeiging und der vor dem drohenden Regen schon die Plastikhüllen über die Zeitungen schob, konnte er so für einen Augenblick als ein Unbeteiligter erscheinen, und sie hatten beide kurz etwas gemeinsam. Auf einem Zeitungsstapel stand schräg ein halbvolles Bierglas! Er wollte in die Tiefe des Raumes immer weitergehen, und mit einem Spazierstock wirbeln, wie...

Geborgte Lebensgefühle; die der Organismus an diesem Tag sofort wieder abstieß. Und der Organismus betätigte sich nur noch zum Abstoßen: hatte er die gekünstelten Gefühle ausgeschaltet, dann war auch von ihm selber nichts mehr zu spüren; jedenfalls nichts als eine zur ganzen Welt quergestellte, lastende, kadaverschwere Wesenlosigkeit. Das Abstoßen als der Widerwille vor all den Fremdbeatmungen: die international bewährten Erlebnisformen als bloße Kurpfuscherei! Natürlich könnte er überall in der Stadt jetzt zum Beispiel einen Film mit Humphrey Bogart anschauen – es war ja Sommer und die Zeit der Reprisen; in dieser

Woche lief etwa KEY LARGO: doch er wußte auch, daß er nach dem Film mit Bogart und seiner so beunruhigend feuchten Unterlippe gerade noch die Treppe ein wenig gemeinsam hinaufgehen würde, aber spätestens nach den ersten Metern draußen auf der Straße schon wieder der Kumpan von niemand und nichts mehr wäre, und sich fragen müßte, wozu er überhaupt noch weitergehe, und wohin denn? Er wollte sich nichts vormachen: für ihn war die Zeit der Reprisen vorbei; für seine neue Lage gab es kein Produkt, dessen er sich, gegen Bezahlung, je nach Stimmung bedienen könnte, und keine Produktforschung und kein System würden das, was er brauchte, bis zur Produktionsreife kriegen. Was brauchte er also? Nach was war ihm? Nach nichts, antwortete er: MIR IST NACH NICHTS. Und indem er das dachte, fühlte er sich auf einmal im Recht und wollte dieses Recht auch verteidigen, gegen jeden. Warum tarnte er sich immer noch? War er denn gemeingefährlich? Fast den ganzen Tag bis jetzt hatte er nur *Lust* gehabt, etwas zu tun, ohne es, bis auf das eine Mal mit dem Mädchen (woran er sich in keiner Einzelheit mehr erinnerte), auch wirklich getan zu haben: Lust, zu grölen, sich nackt zu zeigen, die Zähne zu fletschen. Feigling, dachte er. Zugleich hatte er Angst, er würde sich im nächsten Moment schon verraten.

Er bemerkte, daß er Lust hatte, den Soldaten anzuschauen, der, das Bajonett über dem Arm, in dem Schilderhäuschen am Eingang des Elyseepalasts postiert war. Das tue ich jetzt auch! dachte er. Er beobachtete, wie die Bajonettspitze hin und her schwankte; aber als der Soldat ihn plötzlich fixierte, schaute er sofort weg auf die Uhr. Wie unverdrossen dort inzwischen der Sekundenzeiger lief! Fast tröstlich verging die Zeit. Keuschnig tat weiter als ob: blickte sich um, als ob ... Kein Bekannter, den man begrüßen könnte, als ob man auf ihn hier gewartet hätte. Wenigstens der Straßenkehrer dort war doch freigegeben zum Anschauen? Aber in dieser Gegend schien selbst ein Straßenkehrer seiner Beschäftigung nur als Vorwand nachzugehen, und wer ihm zuschaute, konnte kein harmloser Passant sein.

Er wäre lieber gemeinsam mit andern durch das Tor gegangen. War er der letzte, daß niemand mehr kam? Wie spät war es? (Er hatte vorhin auf die Uhr geschaut, als ob allein der Blick darauf genügte, um die Zeit zu wissen!) War er überhaupt richtig hier? Der Übertragungswagen des französischen Fernsehens stand jedenfalls im Hof. Keuschnig zeigte seinen Ausweis und wurde durch das Tor gewinkt. Ganz oben am Elyseepalast schlug ein Fensterflügel; an einem anderen Fenster ging eine Buffetdame mit einer weißen Haube vorbei; an einer schwarzen Citroën-Limousine vor einem Nebeneingang schob der Fahrer, während er zum düsteren Himmel blickte, die Antenne zusammen, und durch eine kleine Pforte in der Parkmauer hinten verschwand gerade jemand auf einem Moped: mit diesen Vorgängen erschien ihm jetzt das Gebäude fast heimisch; das Anschauen geduldet. – Ein Offizier tastete ihn ab, ein andrer untersuchte seinen Koffer. Bei einem Blick durch seine erhobenen Arme auf den Kofferdeckel, den der Offizier behutsam wieder zudrückte, dachte Keuschnig: Endlich etwas, was ohne mich geschieht – etwas, wo ich unbeteiligt zuschauen kann. Eine freie Sekunde! Er wollte irgendwem, irgendetwas dankbar sein . . . In diesem Moment erlebte er überrascht die unpersönliche Berührung der Hände, die seine Schultern abklopften, als eine Aufmunterung, und in der nächsten freien Sekunde, unter den paar fachmännischen Bewegungen, mit denen der Offizier seinen Brustkorb hinunterstrich, löste sich auf einmal der lange häßliche Schmerz dieses Tages auf in eine wohlige, mitleidsvolle Traurigkeit. Jetzt nicht wieder gleich alles vergessen, dachte Keuschnig. Dieses ganz sachlich gemeinte Abtasten habe ich heute, um sechs Uhr abend, als eine Zärtlichkeit empfunden!

Er zitterte. Gleichzeitig wurde sein Gesicht leer vor ängstlicher Selbstbeherrschung. Der leere, pompöse Ernst eines Faschisten, dachte er selber. Der Offizier schaute ihn erstaunt an, lachte dann kurz auf über dieses dumme Gesicht, zusammen mit seinem Kollegen.

Keuschnig hatte sich nicht vorstellen können, in dieser Umgebung jemanden laufen zu sehen – und schon lief er selber, über den Hof mit den Topfbäumen auf den Haupteingang zu. Weder Pfeifentrillern noch ein Haltruf. Eine Gruppe von Männern in dunklen Anzügen kam ihm entgegen, und er ging sofort wieder im Schritt. Er erinnerte sich, daß er auch als Kind, sooft ihm beim Laufen Leute entgegengekommen waren, stehengeblieben war, nur im Schritt ging, bis er an den Leuten vorbei war, und dann erst weiterzulaufen wagte. Jetzt war er an der Gruppe vorbei – warum lief er also nicht wieder? – Es waren ihm auf einmal so viele Situationen, so viele Orte eingefallen, wo er vor Leuten gestoppt hatte – auch so viele verschiedene Leute –, daß er in Erinnerung nur Schritt für Schritt gehen konnte. – Und noch etwas hatte ihn erstaunt: daß ihn die Umwelt, die auf lauter Fluchtpunkte zu von ihm abgerückt schien – kein Anblick für ihn dabei! –, mit den ersten Laufschritten auf einmal fürsorglich wieder umgeben hatte. Wo er davor noch an allem wie an Rückseiten vorbeigegangen war, sah er jetzt die Einzelheiten wie etwas, das auch für ihn da war. – Wieder laufend bemerkte Keuschnig neben den frisch bewässerten Topfbäumen im Schotter blinkende kleine Wasserlachen und spürte im selben Moment ein traumhaftes Zusammengehörigkeitsgefühl. Er blieb vor dem Eingang stehen und schüttelte, wie um der früheren Verdrossenheit zu widersprechen, den Kopf. Er konnte sich jetzt frei umschauen, nach den vier Himmelsrichtungen. Bevor er eintrat, blickte er noch einmal gierig über die Schulter, ob er wohl nichts übersehen hätte. Wie groß die Umgebung wurde im Vergleich zu früher! Nur mit freien Augen sah er sie so üppig, so – gemeinnützig. Der Himmel mit den tiefen Wolken schien jetzt etwas von sich abzugeben. Keuschnig knirschte mit den Zähnen. – Als er die Treppe hinauflief, wiederholte er erstaunt einen Lauf in einem Traum. Bei diesem Lauf war er, zum ersten Mal in einem Traum, auch von der Stelle gekommen.

Als Teilnehmer der Pressekonferenz zum Programm der neuen Regierung wurde Keuschnig zunächst ganz sorglos. Hier erschienen die Todeszeichen sofort undenkbar. Er mußte sich nicht mehr die eigene Zukunft vorstellen; brauchte keine Überraschungen mehr zu fürchten; nur sitzen und, noch dazu unter vielen andern, verzückt mitschreiben zu können, das war jetzt der Friede. Der Präsident der Republik erklärte weit vorn das Programm, und Keuschnig wurde dabei animalisch zuversichtlich, daß es mit allem immer besser würde. Auf die Frage eines Journalisten, ob ein bestimmtes Projekt nicht sinnlos sei, antwortete der Präsident: »Ich kann mir nicht erlauben, das, was ich tue, für sinnlos zu halten.« Keuschnig gefiel diese Antwort, und er schrieb sie auf. Hier wurde nichts gesagt, was nicht zum Mitschreiben bestimmt war; schon das war beruhigend! Keuschnig verstand nicht mehr, warum er so erleichtert gewesen war, als vor einigen Monaten, nach den Wahlen, statt der Wahlplakate wieder die vertrauten, lieben Reklamemotive an den Wänden erschienen. Hatten denn die Wahlplakate gedroht, daß etwas PASSIEREN würde? Warum hatte er damals die Wahlen als bloßen Spuk empfunden? Nun fühlte er sich seltsam behütet davon, daß für ihn Politik gemacht wurde. Es war so wohltuend, mit den Formulierungen andrer über sich nachzudenken: das Programm, das er mitschrieb, sagte ihm, wie er war, und was er brauchte, sogar in einer Reihenfolge! Und was von ihm das Programm nicht definierte, das konnte vernachlässigt werden – denn das waren aus Selbstverschulden unbewältigte Verhaltensformen aus dem Trotzalter. Ich bin definiert! dachte er – und das schmeichelte ihm. Definiert zu sein machte ihn endlich unauffällig, auch vor sich selber. So sprachlos zu werden vor einem dummen, bloßen Traum! Wer war er denn, daß er sich erlaubte, nur zu den heiligen Zeiten einen Sinn am Leben zu finden? Schluß mit der höchstpersönlichen Sprunghaftigkeit! Er gab zu viel auf Gedankenspiele, die sich andre gar nicht leisten konnten. – Und wenn es wieder gefährlich würde, wie heute? Dann hätte er, sofern er nur, wie ein erwachsener Mensch, alles an seinem Platz sähe, für immer ein narrensicheres System, an dem er sich frisch definieren lassen würde. – Und auf diese Weise, dachte Keuschnig zufrieden, wird nie herauskommen, wer ich wirklich bin! – Das sinngeprägte Gesicht des Präsidenten ... Er fand mit dem verschlungensten Satz zu einem sicheren Ende. Auf jede noch so überraschende Frage antwortete er sofort, und schloß danach den Mund, als sei nun ALLES gesagt. Keuschnig fühlte sich gut aufgehoben. Er hörte die Folge der Fragen und Antworten, die surrenden Kameras, das Jaulen der Schnellbildfotoapparate wie eine für ihn bestimmte Gebrauchsmusik. Aber dann platzte eine Lampe. Ein Vogel stieß von außen an eines der hohen, schmalen Fenster, flatterte weg; prallte an ein anderes Fenster, und bei Keuschnig brach eine Panik aus, als er dachte, wie sehr er sich schon wieder die Sicherheit vorgeheuchelt hatte. Keine Zerstreuung mehr! Es ging wirklich um Leben oder Tod. – Der Wind hatte sich gelegt, und als in der Stille ein Taubenschwarm vom Hof aufflog, hörte er ihn wie eine erste Orkanbö. Der für das Fernsehen geschminkte Präsident schob, ganz bei der Sache, die Lippen vor; daß er sich schon alles im voraus gedacht hatte, machte seine Anmut aus. Jetzt wußte Keuschnig, was ihn störte: daß das Programm für alle da war, und nicht für ihn allein. Er flüchtete sich, wie früher bei den Vorlesungen an der Universität, in einen Blick zum Fenster hinaus: die weißen zurückgeschwungenen Gardinen – und woher kam dieses Rauschen? Ah, es regnet, dachte er erfreut. Es hatte mit einem Knistern zu regnen angefangen, wie wenn ein schwerbeladenes Fuhrwerk sich in Bewegung setzte. Dann donnerte es hoch über dem Elyseepalast, und es überrieselte ihn vor Geborgenheit.

Der Präsident hatte die Brille abgenommen und sagte: »Ich liebe die Veränderung.« Nach dieser Antwort ergab sich eine Pause, und Keuschnig fürchtete, die Journalisten hätten keine Fragen mehr. Er blätterte schnell sein Notizbuch durch – ein Geräusch wie der Taubenschwarm vorhin. Es fiel ihm nichts zur Sache ein. Herr Präsident, möchten Sie Blut sehen? Die Fernsehlampen gingen aus, und kaum hatte er sich, indem er die letzte Gemeinsamkeit ausnützte, mit den andern die Hand gegen die Augen gedrückt, war der Präsident der Republik verschwunden. (Der wievielten Republik? dachte Keuschnig. Das Zählen war wieder hilfreich: er fühlte sich mitgezählt und hatte wenigstens das Selbstgefühl, ein Zeitgenosse zu sein.)

Er wollte noch nicht nach Hause. Er stellte sich vor, wenn er zu früh käme, wäre Stefanie nicht auf ihn vorbereitet. (Auch er mußte heute erst proben, sie und das Kind wiederzusehen.) Vielleicht würde er sie bei etwas ertappen, wenn er vor der Zeit die Tür aufmachte? So kaufte er sich an dem Kiosk der Avenue Marigny – bei meinem *Freund*, dachte er – eine Zeitung und ging, indem er sie gegen den Regen über den Kopf hielt, so langsam er konnte ohne beklommen zu werden, viele Umwege durch die Straßen des achten Arrondissements.

In einer fast leerverkauften Bäckerei saß ein Verkaufsmädchen allein und schaute mit großen Augen vor sich hin. Er kaufte ein ovales Weißbrot, und sie bediente ihn abwesend. Sie gab ihm Geld heraus und reinigte sich im Weggehen die Fingernägel. Als er das sah, wurde ihm ganz leicht zumute. Er kam an einem Lottoverkaufsstand vorbei, der wie schon seit langem geschlossen war; nur eine Strickweste hing darin auf einem Kleiderbügel. In einer Wäscherei saßen die Frauen mit den bleichen Gesichtern bereits mit den Händen im Schoß und lachten ab und zu. In einem Restaurant waren alle Tische gedeckt, aber noch leer; nur in der hinteren Ecke aßen mit breitaufgestützten Ellenbogen der Patron und die Kellner und gossen sich aus Flaschen ohne Etikett Rotwein ein. – Ein Bus, mit schaukelnden Haltegriffen, fuhr straßenaufwärts an ihm vorbei, innen bedunstet von den regenfeuchten Kleidern der Passagiere, und entfernte sich, als ob er etwas von ihm mitnehme. Ich werde mir etwas ausdenken! dachte Keuschnig. An der Seite neben der Bustür hatte SERVICE NORMAL gestanden.

Er ging einer Frau nach, die einen Einkaufscaddie durch die Rue Mirosmenil schob, und war neugierig, was sich ereignen würde, wenn er ihr nur immer weiterfolgte. Es war so still hier, daß er plötzlich merkte, wie er tief ein- und ausatmete. Er seufzte auf. Die wenigen Geräusche waren wie eine Zusicherung auch der eigenen Ruhe: die bei manchem Schritt aufschrammenden Stöckelschuhe der Frau, das Summen eines Türöffners weiter weg und das Klacken der fast gleichzeitig aufspringenden Tür, ein Apfel, der von seiner Pyramide an dem Stand COURS DES HALLES auf die Straße rollte . . . Keuschnig wurde aufgeregt, weil er das Gesicht der Frau nicht endlich sah. Er wartete auf sie vor einer Fleischerei; den Caddie hatte sie draußen stehengelassen, und ein Petersilienbüschel hing heraus. Aber dann verschaute er sich in das nach dem langen Tag schon zusammengeklumpte Sägemehl auf dem Fliesenboden in dem Geschäft, und als er endlich aufblickte, bog die Frau gerade in eine andere Straße ein, wo es wieder laut war. Er verfolgte sie bis zu den Champs Elysées und betrat dort hinter ihr das PRISUNIC-Warenhaus. Es beruhigte ihn, zur Musik und zu den Werbesprüchen von »RADIO PRISUNIC« Treppen hinauf und hinunter zu gehen; er verlor sein Eigenleben dabei. – Als die Frau sich am Tierfutterstand ein paar Dosen Fischpastete in eine braune Papiertüte wickeln ließ und sich dabei umdrehte, war er kaum mehr neugierig auf sie. Sie verzog das Gesicht, als hätte sie von ihm ohnedies nicht mehr erwartet. Sie sah nicht ihn, sondern JEMAND SEINESGLEICHEN. Gerade noch hat es mich richtig geschmerzt bei der Vorstellung, daß diese Frau gleich für alle Zeit aus meinem Leben gehen würde, dachte Keuschnig: Und jetzt das schöne Gefühl, nichts versäumt zu haben. – Erleichtert ließ er sich im Fotoautomaten fotografieren. Weil es Farbfotos waren, strahlten die Blitze so stark, daß er sie warm im Gesicht spürte wie eine wohltuend sachliche Berührung. – Dann schloß das Prisunic, und er mußte wieder auf die Straße hinaus.

Er setzte sich am Carré Marigny auf eine Bank neben dem Kinderspielplatz und hoffte auf den Zufall, der ihm endlich eine Möglichkeit zeigen würde, über sich nachzudenken; denn sooft er absichtlich zu überlegen versuchte, glaubte er den eigenen Gedanken nicht mehr – es waren nicht seine eigenen. Wie meistens in Paris hatte der Regen bald aufgehört, und in der letzten Sonne blinkten die Pfützen im Sand. Die Tauben waren weggeflogen in die Bäume. Er saß auf der ausgebreiteten Zeitung und schaute geradeaus, um nichts Besonderes zu bemerken. Auf dem Boden war alles so nahe. Nur das dunkle Laub der Kastanienalleen, dahinter noch die Dachspitze des Grand Palais und weiter rechts die Spitze des Eiffelturms: das beengte nicht. Die Sonne ging unter, und im nächsten Moment begannen die Gegenstände wie von sich aus zu scheinen, während es im Luftraum zwischen ihnen gleichzeitig dämmrig wurde. Eine Zeitlang leuchteten die Gegenstände so stark, als ob sie sich selber in Energie zerstrahlten. In dem flimmernden Zwielicht sah Keuschnig keine Einzelheiten mehr. Ein anderes System hatte sich herabgesenkt. Dann verschwand das Leuchten, aber die Gegenstände blieben gleich hell, strahlten nur nichts mehr aus, und das Dämmerlicht zwischen ihnen wurde wieder zu Tageslicht. – Und dieses Licht wollte jetzt nicht vergehen.

Nichts mehr wollte vergehen. Eine höllische Allerwelt richtete sich ein wie für immer. Keuschnig war es, als sollte dieser Tag nie mehr aufhören. Die unveränderlich rauschenden Bäume in dem öden, ewigen Licht taten seinem Kopf weh. Die Gegenstände erschienen so unverrückbar, daß allein ihr Anblick eine Gehirnerschütterung war. Er duckte sich vor ihnen weg wie vor einer Körperstrafe. Würde er gegen die Kinderschaukeln anrennen, um sie mit einem Fußtritt in Bewegung zu setzen, so müßte er zurückprallen, weil sie, wie alles andere jetzt, versperrt, festgebunden, festgeschraubt waren. An den Schaukeln waren kleine Sanduhren angebracht, in denen der Sand erst wieder zu laufen anfangen würde, wenn ein Kind die Benutzung bezahlte – heute nicht mehr. Keuschnig verfluchte dieses tote Licht, in dem er sich wie sein eigenes Phantom vorkam. Er schüttelte die Hände vor Ekel. Er wollte sich beschweren über die jetzt wieder so kahle, unfruchtbare, naßkalte, kleinkleine Welt. Bitte, laß es Nacht werden, dachte er mit einem dröhnenden Kopf . . .

Eine Frau mit gefüllter Einkaufstasche ging zielbewußt über das Carré. Schau mich an, du! dachte Keuschnig. Niemand will mich ansehen . . . Gleich würde sie zu Hause in ihrer abgeschmackten Küche nicht davor zurückschrecken, das zum Erbrechen goldgelbe Öl in die vorgewärmte Pfanne zu gießen. Das zum Ohrenzuhalten lächerliche Bruzzeln, wenn sie das groteske

Stück Fleisch in die Pfanne legt . . ., und dann, wie das Amen im Gebet, der an hoffnungsloser Traulichkeit nicht zu überbietende Duft, den sie durch das offene Fenster auf die unschuldigen Vorbeigehenden loslassen würde! Keuschnig stellte sich vor, wie sie, mit einem geblümten Küchenhandschuh an einer Hand, unvermeidlich vor ihren Spießgesellen trat, der unweigerlich mit einem Apéritivglas in der Hand bereits im WOHNZIMMER (oder in der BIBLIOTHEK) auf sie wartete, und ihm unerschütterlich bedeutete, daß das Essen fertig sei. (Vielleicht würde sie auch nur zweimal kurz, zweimal lang an die Tür seines ARBEITSZIMMERS klopfen . . .) Und dann wird der Mann den unausbleiblichen Korkenzieher holen . . . Bei all dem war sie noch so unverschämt selbstbewußt, dachte Keuschnig: statt auf der Stelle in die Erde zu versinken vor solch geballter Unausbleiblichkeit! – Er hatte auf einmal eine Vorstellung von vielen gleichzeitigen Vorgängen in den verschiedenen Pariser Stadtteilen: im TOURISTENVIERTEL St. Germain-des-Près wurden die Pizzas auf den Tellern herumgezerrt, und die hungrigen Touristen hatten schon vor mehreren Restaurants entschlußlos die Speisekarten gelesen; im ARBEITERVIERTEL Ménilmontant tranken die Arbeiter ihr Feierabendbier in einem richtigen ARBEITERBISTRO, das »Au rendezvous des chauffeurs« hieß, und wo sich auch heute wieder einige Intellektuelle eingefunden hatten; im AUSLÄNDERVIERTEL Belleville standen die Schwarzen gruppenweise, einige in Burnussen, mit Bierdosen in der Hand ohne zu reden unter dem freien Himmel; im REICHENVIERTEL Auteuil wurden die Söhne und Töchter der Großbürger von den Obern in den englisch gepolsterten PUBS gefragt, ob sie FRANZÖSISCHES oder AUSLÄNDISCHES Bier trinken wollten; – und überall in der Stadt flimmerten unbenutzte Flipperautomaten, rasselten und klingelten die benutzten, rauschten die Platanen und Kastanien an den Boulevards, schlingerten zwischen den Métrowaggons während der Fahrt die schwarzen Koppelschläuche, schauten einander Liebespaare in die Augen, lagen in den immer noch bestehenden WIMPYS die aufgeweichten Zwiebelringe unter den HAMBURGERS – und das alles, dachte Keuschnig, während er mit brennenden Augen in das immer gleichbleibende Licht starrte, jahraus, jahrein mit derselben Unausweichlichkeit, Vorhersehbarkeit, Sterbenslangweiligkeit, mörderischen Ausschließlichkeit, mit der diese persönlich vielleicht sogar gutartige Frau jetzt zum Beispiel als Vorspeise eine Avocado mit Sauce Vinaigrette zubereiten würde.

Er wollte nirgends sein, wollte nichts mehr. Alles abschaffen! »Ich glaube nicht an Gott«, sagte er, ohne etwas damit zu meinen. (Er hatte das auch früher oft so hingesagt.)

Es dämmerte, und Keuschnig war endlich allein. Er streckte die Beine aus, legte beide Arme über die Banklehne und dachte: Wie herrlich allein ich bin! Und er fletschte wirklich die Zähne. Er dachte noch: Es ist nicht nur notwendig – jetzt habe ich auch eine Lust, alles miteinander zu sehen. Der Wind blies plötzlich stärker, und Keuschnig verlor sich ...

Nach einiger Zeit bemerkte er, daß es in seinem Kopf zum ersten Mal an diesem Tag vollkommen still geworden war. Den ganzen Tag hatte er gleichsam, ohne Atempause, reden müssen. Jetzt hörte er nur noch zu. Niedergebeugtes Gras am Rand des Spielplatzes ... Er lauschte. Der Wind legte sich. Als er sich wieder hob und die Bäume aufrauschten, spürte Keuschnig ein fremdes, ruhiges Lebensgefühl. Das Gras stand aufgerichtet und zitterte. Die Autos fuhren ohne Unterlaß hinter den Bäumen auf den Champs Elysées; ab und zu ein Hupen, oder ein Knattern und Röhren, wenn ein Motorrad die Autos überholte. Er war weggedacht und doch da.

Dann hatte er ein Erlebnis – und noch während er es aufnahm, wünschte er, daß er es nie vergessen würde. Im Sand zu seinen Füßen erblickte er drei Dinge: ein Kastanienblatt; ein Stück von einem Taschenspiegel; eine Kinderzopfspange. Sie hatten schon die ganze Zeit so dagelegen, doch auf einmal rückten diese Gegenstände zusammen zu Wunderdingen. – »Wer sagt denn, daß die Welt schon entdeckt ist?« – Sie war nur entdeckt, was die Geheimnistuereien betraf, mit denen die einen ihre Gewißheiten gegen andre verteidigten, und es gab jedenfalls keine künstlichen Geheimnisse mehr, mit denen er erpreßt werden konnte, weder ein Geheimnis der Heiligen Kommunion noch des Universums: jedes einzelne hohe Geheimnis war nichts andres als das Geheimnis der schwarzen Spinne, das Geheimnis des chinesischen Halstuchs – gemacht, zur Abschreckung. Doch die Wunschdinge jetzt vor ihm auf der Erde schreckten nicht ab. Sie stimmten ihn so zuversichtlich, daß er nicht mehr ruhig bleiben konnte. Er scharrte mit den Fersen und lachte ... Ich habe an ihnen kein persönliches Geheimnis für mich entdeckt, dachte er, sondern die IDEE eines Geheimnisses, die für alle da ist! »Was Namen als BEGRIFFE nicht vermögen, leisten sie als IDEEN.« Wo hatte er das gelesen? Er brauchte keine Geheimnisse, wohl aber die IDEE davon – und wenn er nur die Idee eines Geheimnisses hatte, war es unnötig, hinter all den gefälschten Geheimnissen seine Todesangst zu verstecken! Bei diesem Gedanken erschrak Keuschnig vor Freude. Er fühlte sich auf einmal so befreit, daß er nicht mehr allein bleiben wollte. Er würde auf jemanden zugehen und sagen: »Du brauchst vor mir keine Geheimnisse mehr zu haben!« Bei dem bestärkenden Anblick der drei wunderbaren Dinge im Sand erlebte er eine hilflose Zuneigung zu allen, aus der er sich aber auch nicht helfen lassen wollte, weil sie ihm jetzt als das Vernünftige erschien. Ich habe eine Zukunft! dachte er triumphierend. Das Kastanienblatt, die Spiegelscherbe und die Zopfspange schienen noch enger zusammenzurücken – und mit ihnen rückte auch das andere zusammen ... bis es nichts anderes mehr gab. Herbeigezauberte Nähe! »Ich kann mich ändern«, sagte er laut. – Er stampfte auf, aber es war kein Spuk. Er schaute sich um, aber er sah keinen Gegner mehr. Weil er sich von den drei Dingen nichts mehr zu wünschen brauchte, scharrte er Sand über sie. Das Kastanienblatt wollte er einstecken, zur Erinnerung? Es war nicht notwendig, sich zu erinnern: er warf das Blatt weg. Dann biß er von dem Weißbrot ab. Jetzt kann ich mir erlauben, hungrig zu sein, dachte er im Weggehen: denn ich habe endlich eine IDEE gehabt. – Er fühlte sich von neuem allmächtig, aber nicht mächtiger als irgend jemand andrer.

Was für ein abenteuerlicher Tag das heute war! Er konnte nicht gehen, lief wieder. Um neun hätte er zu Hause sein sollen. Nur mit einem Taxi wäre er rechtzeitig, vor dem österreichischen Schriftsteller, dagewesen. Aber dann dachte er: Ich muß noch etwas erleben, und blieb vor einem Kastanienbaum stehen, der ihm, mit einem noch hellen Streifen Himmel dahinter, auf einmal sehr gefiel. Das anzuschauen habe ich mir jetzt verdient, dachte Keuschnig und betrachtete die schwappenden Blätter lange. – In einem Autobus würde er mehr erleben als in einem Taxi. So nahm er an der Avenue Gabriel den Bus der Linie 52, der von der Oper direkt zur Porte d'Auteuil fuhr.

Im Bus dachte er: Vielleicht kommt es mir deswegen so vor, als hätte ich, jedenfalls bis zur letzten Nacht, seit langem kaum etwas erlebt, weil ich mir im voraus zurechtmachte, was ein Erlebnis ist. Wie in einem Reiseprospekt stand ein bloßer Gegenstand von vornherein für das Erlebnis. Für den Prospekt »wird das Lagerfeuer ein Erlebnis sein« – für mich das fließende Wasser im Rinnstein, die sanftglatte Schuhcremeoberfläche in der neuen Dose, das frischbezogene Bett, der Anblick eines immer noch neugierigen alten Menschen. – Nicht mehr auf diese Erlebnisversicherungen angewiesen sein, dachte er.

Er war mit einem nordafrikanischen Arbeiter allein im Autobus. Der Nordafrikaner war betrunken. Der Bus fuhr sehr schnell, weil an kaum einer Haltestelle noch jemand wartete. Als er, ohne langsamer zu werden, scharf in die Avenue Friedland einbog, übergab sich der Mann in den Mittelgang. Der Fahrer fuhr an den Straßenrand und ließ, ohne ein Wort, die Ausstiegstür aufgehen. Der Betrunkene redete laut in seiner Sprache, wandte sich dabei aber nicht zum Fahrer hin. Keuschnig tat, als blickte er zum Fenster hinaus. Keiner der drei in dem Bus schaute den andern an. Der Nordafrikaner fing an zu schreien. Darauf stellte der Fahrer den Motor ab. Jetzt ist es zu spät, etwas zu sagen, dachte Keuschnig. Auf einmal merkte er, daß der Betrunkene ihn anschaute und zu ihm redete. Er schaute zurück, mit einem Blick, als ob nichts sei. Der

Nordafrikaner wurde still und stieg aus; der Bus fuhr schon weiter. Der Fahrer sagte kein Wort; er schien keine Bestätigung zu brauchen. Als Keuschnig die Lache von dem Erbrochenen am Boden erblickte, mit den Spritzern im Umkreis, spiegelnd in der grellweißen Deckenbeleuchtung, erschien sie ihm wie für ihn bestimmt. – An der nächsten Station verließ er den Bus, lange vor Auteuil. Beim Aussteigen sagte er zu dem Fahrer: »Monsieur, vous n'êtes pas gentil«, und versprach sich dabei.

Er sah den Betrunkenen nicht mehr, und jetzt tat er ihm nur noch leid – während er ihm vorhin auch lästig gewesen war. Wenn er nicht geschimpft hätte, hätte ich ihm geholfen, dachte er. Weil er sich aber gewehrt hat und wütend war, habe ich das Gefühl für ihn verloren. Woher diese Widersinnigkeit? War mein Mitleid nichts als ein Mitleid mit mir selber von früher gewesen – indem ich mich beim Anblick von Gedemütigten an das Kind erinnerte, das sich ohne Aufmucken erniedrigen ließ? – Zeuge einer Demütigung: bei einer solchen Demütigung fühlte sich auch der Zeuge als Ertappter. – Keuschnig verdrückte sich. Er lief die Treppen zur nächsten Métrostation hinunter, stieg an TROCADERO schnell um und fühlte sich in dem vertrauten Abteil der Linie 9 nach Auteuil wieder unbehelligt.

Ohne ausdrücklich daran zu denken, spürte er am ganzen Körper die unterschiedlichen Entfernungen zwischen den einzelnen Stationen. Wie üblich kam ihm der Abstand zwischen RUE DE LA POMPE und LA MUETTE so groß vor, daß er sich, wie jedesmal, an LA MUETTE wunderte, daß er noch nicht eine Station weiter war; und zwischen JASMIN und MICHELANGE-AUTEUIL stellte er sich unwillkürlich auch heute zu früh zum Aussteigen an die Tür, obwohl die Métro wie immer nur langsamer wurde, weil sie in eine Kurve fuhr. – Als endlich weiß auf blau die Schriftzeichen MICHELANGE-AUTEUIL erschienen, nahm er das Schild wahr wie das Ziel einer langen, mühseligen Reise. – Vieles war wie üblich. Aber er dachte nicht mehr daran, sondern spürte es nur noch, in einem Nebensachenbewußtsein. Als ob etwas davon abhinge, versuchte er die gebrauchte Fahrkarte genau in den Abfallbehälter zu werfen. Die Karte fiel daneben . . . Er war schon an der Sperre, ging dann zurück, hob die Karte auf und warf so lange, bis er in den Korb traf.

Er war nun fast zu Hause. Er machte noch einen Umweg über die Place Jean Lorrain, wo an drei Tagen der Woche der Markt abgehalten wurde. Der Platz war leer. Aus dem kleinen Brunnen in der Mitte lief still ein Wasserstrahl in das Becken. Der Strahl fiel so rund, so klar, daß Keuschnig hineingriff, um ihn zu stören. Platanenblätter lagen auf dem Asphalt, und um ihre Ränder war der sonst getrocknete Boden noch feucht. Es wurde dunkel. Nur in den Löchern, in die gewöhnlich die Marktstangen eingesetzt wurden, schien in dem öligen Wasser der noch ein wenig lichtere Himmel wider. Ein Radfahrer bog mit surrendem Dynamo in eine Seitenstraße. Keuschnig sah die sehr vergrößerten Schatten von Mänteln am Vorhang eines Restaurantfensters. Das Wasser in den Rinnsteinen war abgeflossen, und ein Spatz trank hier und dort aus den stehengebliebenen kleinen Pfützen. Keuschnig erinnerte sich plötzlich an einen Vogel, der vorhin in einem Métrogang hin- und hergeflogen war. Er hob den Kopf und sah die Scheinwerfer weit her vom Triumphbogen durch den inzwischen nächtlichen Himmel strahlen. Dann ging er mit gesenktem Blick vorbei an den von den Concièrgen fast weiß geschrubbten Häusersockeln, die die Hunde täglich neu anpissen würden.

Keuschnig stand vor seiner Haustür, und weil er nicht wußte, wie er sich nun verhalten sollte, und in welcher Reihenfolge, wurde ihm übel. Er verstand nicht, daß er jeden Tag nach Hause gefunden hatte; daß er unterwegs nicht einmal verschwunden war. Warum hatte er heute schon in der Métro vorsorglich den Wohnungsschlüssel in der Hand gehalten? Ich muß erst in Gedanken proben, was ich gleich zu tun habe, dachte er. Zuerst jedenfalls den Aktenkoffer in die Garderobe stellen. Dann war zu hoffen (statt wie im Märchen zu fürchten), daß ihm als erstes das Kind entgegenkam und gegen die andern vorgeschützt werden konnte. Blieb das Kind aus (weil es schon schlief), so würde er in der Garderobe möglichst schnell ein geeignetes Gesicht machen und – denk an die Blumenverkäuferin – ohne überflüssige Bewegung vor die Leute treten. – Er erwartete nichts, freute sich auf niemanden. Je näher er ihnen kam, desto weniger hatte er mit ihnen gemeinsam. Während er den Schlüssel umdrehte, absichtlich zuerst in die falsche Richtung, und sich räusperte, war es ihm, als bewege er sich auf schon seit langem in Stein geschlagene Hieroglyphen zu, die für ihn unleserlich geworden waren. Gleich würde er die Frage hören müssen: »Wie geht es dir?« – und nicht einmal sofort zuschlagen können. Er schob das Kinn hin und her und lockerte sich; lächelte im voraus, um wenigstens täuschend sich selber ähnlich zu erscheinen.

Die Entfernungen in der Wohnung waren so groß, daß er schon unterwegs aus der Rolle fiel. Das Gesicht wurde leer, und er mußte von neuem zu einem Lächeln ansetzen. Als er der Freundin des Schriftstellers die Hand geben wollte, griff er daneben und faßte nur einen kleinen Finger – den er dann schüttelte. Auch bei seiner Frau, die ihm, wie sie es an den Französinnen gesehen hatte, links und rechts die Wangen hinhielt, traf er vorbei. Warum hatte sie wieder diese Bluse mit der Krawatte aus gleichem Stoff an, warum den seitlich aufgeschlitzten Rock? Gleichzeitig fragte er: »Wo ist Agnes?« – »Sie wollte noch auf dich warten«, sagte Stefanie. »Aber vom Warten wurde sie so müde . . .« – »Ich weiß schon.« Keuschnig ertrug nicht, daß sie zu Ende sprach, was er schon vorauswußte. Unwillkürlich drehte er das Brot in der Hand, und man sah die Stelle, wo er abgebissen hatte. Der Schriftsteller zog ein Notizbuch hervor und schrieb hinein; schmunzelte dann. Warum saß Stefanie wieder in ihrer Gastgeberin-Haltung da: die Hand an der Wange und den Ellbogen in die Fläche der anderen Hand gestützt? »Ich gehe nachschauen, ob sie noch wach ist«, sagte Keuschnig, um das verräterische Gesicht von dem Schriftsteller abwenden zu können. »Aber weck sie nicht auf, wenn sie –« – Er unterbrach Stefanie, indem er sich zu ihrer Bluse beugte, als hätte er da etwas entdeckt. Warum redete sie so überflüssig?

Das Kind sang noch in seinem Zimmer. Es gelang Keuschnig einzutreten, ohne daß Agnes ihn bemerkte. Was tue ich hier? dachte er zerstreut. Indem er zu dem Kind ging, behauptete er doch etwas, das nicht mehr zutraf. Ich muß über sie nachdenken, damit ich wieder etwas von ihr fühle. – Agnes sang lauter, schrie beim Singen. Dann war sie still, spielte nur noch mit verschiedenen Lippengeräuschen. Keuschnig konnte sich niederhocken, so breitete sich in dem dunklen Zimmer vom Bett her die Ruhe aus. Das Kind stieß noch mit dem Fuß ... Dann schlief es endlich, aber erst mit einem langen Seufzer begann der tiefe Schlaf. Keuschnig richtete sich auf, durchlässig und selbstbewußt von einer nie empfundenen Traurigkeit. Mit ihr verlor er auch die Angst vor den andern draußen. Er freute sich, wieder mit ihnen zusammen zu sein. Ganz Aufmerksamkeit, würde er dasitzen und ihnen ins Gesicht schauen können. »Sie ist so ruhig eingeschlafen, daß sie bestimmt bis zum Morgen durchschlafen wird«, sagte er dann, voll Genuß, weil er nun selber etwas Überflüssiges aussprach. Es war wie nach einem geschlichteten Streit, wenn die Beteiligten fast nur sagten, was sich von selber verstand, und damit dem andern zeigen wollten, daß man wieder mit ihm redete. »Das war ein Wind heute!« sagte er überzeugt, und als die Freundin des Schriftstellers antwortete: »Er hat mir die ganze Frisur zerstört«, schien ein allgemeines Vertrauen wiederhergestellt. Es machte ihm nichts aus, die Serviette über das Knie zu breiten; und mit Rührung hörte er Stefanie »Etwas Apéritivisches?« fragen. Zu allem »Ich auch« sagen zu können, das war jetzt die Harmonie. – Der Schriftsteller machte inzwischen noch immer Notizen. »Bist du von der Polizei?« fragte Keuschnig.

Der Schriftsteller war sehr dick und etwas älter als er. Ohne eigentlich ungeschickt zu sein, schien er alles, was er benutzte, gleichzeitig zu zerstören. Er zündete zum Beispiel ein Streichholz an und zerdrückte dabei die ganze Schachtel... Nachdem er das Notizbuch weggesteckt hatte, sprach er, wie als Gegenleistung, nur noch von sich selber. »Ich habe nichts Besonderes zu erzählen«, sagte er. »Ich bin auf niemanden mehr neugierig. Es gab eine Zeit, da war ich immerhin so weit, daß ich, wenn jemand zu mir sagte: ›Sie sind doch

Schriftsteller – schreiben Sie über mich!‹, dachte: Warum eigentlich nicht? Jetzt ekelt mich schon, wenn jemand anfängt: ›Meine Mutter spielte Klavier ...‹ Je mehr ich merke, wie viel ich mit allen gemeinsam habe, desto weniger fühle ich mich mit irgend jemand solidarisch. Ich höre ›Lernziel: Solidarität‹ und stecke mir den Finger in den Hals. Eine Frau erzählte mir auf der Treppe zu einer Toilette von sich, und ich wollte sie fragen: Was hast du, mit deinem kleinen Gesicht, für ein Recht, ICH zu sagen? Auf der Straße, beim Anblick der Entgegenkommenden, denke ich: Wie viele verschiedene Schicksale – und alle gleich langweilig. Manchmal habe ich Lust, die Zeitungsfrau nach ihrem sozialen Werdegang zu fragen – aber nur aus Hohn. In einem Café stand eine Frau an der Theke und telefonierte ziemlich laut, und ich hielt mir die Ohren zu, weil ich nichts von ihrer Geschichte mitkriegen wollte. Oder die Gespräche an den ›Nachbartischen‹, die uns doch einmal erheitern konnten: wie überdrüssig ich jetzt der Lauscher-Erlebnisse bin! Ich sehe eine Autokolonne und denke: Diese Leute werden mich nie mehr interessieren. Gestern war ich in Neuilly in der Villa eines Industriellen, und als seine Frau sagte: ›Ich beobachte die Leute so gern, zum Beispiel ihre Hände‹ und weiter sagte: ›Meine portugiesische Perle geruht heute, schlechter Laune zu sein, aber ich möchte Harmonie um mich, denn schließlich zeige ich auch nicht, wie es mir geht‹ – da dachte ich in trostlosem Überdruß: O Gott, jetzt fängt sie sich zu entlarven an. Heute morgen sah ich eine Todesanzeige von jemandem, den ich gar nicht kannte, und dachte sofort: Ah, endlich gestorben, das Schwein. Einmal besuchte ich jemand, der sagte: ›Es ist so staubig bei mir‹, und mir fiel ein, daß es bei mir noch viel staubiger war, aber ich habe nichts gesagt, weil ich ihm nicht helfen wollte.« (Er unterbrach sich und sagte überrascht: »Diese Tomate hat mir ja geschmeckt!«) »Ich will niemanden mehr beobachten«, sprach er weiter. »Vor kurzem fragte ich mich beim Anblick der Leute auf den Straßen: Vielleicht sollte ich sie bei der Arbeit sehen oder zu Hause in ihren Wohnungen? Aber dann wußte ich, daß sie dort noch voraussehbarer auftreten würden als hier auf der Straße . . . Jemand kam, um über sein Leben zu klagen, aber ich sagte, daß ich lieber das Fußballspiel im Fernsehen anschauen wollte. Eine schöne Frau begegnete mir – wieder eine von denen, dachte ich. Wenn ich dann aus alter Gewohnheit doch jemanden beobachte, fällt mir plötzlich ein: Und was ist mit mir selber? Es graust mir, nach links und rechts zu schauen: überall giert schon etwas danach, gesehen zu werden. Schon wieder ein um den Hals gebundener Pullover, schon wieder der Holzkohlenrauch aus den Vorgärten. Bevor ich einmal jemanden traf, nahm ich mir vor, ganz auf ihn einzugehen – aber als ich dann vor ihm stand, dachte ich: Warum eigentlich? und schaute lange überdrüssig in sein langweiliges Gesicht . . . Ich wundere mich, wie man in den Sternen Bilder sehen kann. Mir gelingt es nicht, jeweils einzelne unter den Sternen als SternBILDER zusammenzunehmen. So habe ich auch keine Idee, wie ich all die einzelnen Erscheinungen zu ErscheinungsBILDERN zusammenfassen sollte. Ist euch aufgefallen, wie oft manche Philosophen die Wörter ›versöhnen‹, ›bergen‹ und ›retten‹ verwenden? VERSÖHNT werden bei ihnen die BEGRIFFE; GERETTET werden die ERSCHEINUNGEN, und zwar von den BEGRIFFEN; und GEBORGEN sind die von den Begriffen geretteten Erscheinungen dann in den IDEEN. Ich kenne wohl die Ideen, aber ich fühle mich nicht in ihnen geborgen. Ich verachte nicht die Ideen, sondern diejenigen, die sich in ihnen geborgen fühlen – vor allem, weil sie dort vor mir in Sicherheit sind. Geht es dir ähnlich, Gregor? Wachst du nie auf, und es gibt den Zusammenhang nicht mehr?« – »Oh«, sagte Keuschnig sofort, »ich freue mich jeden Tag, daß ich am Leben bin, und ich bin neugieriger als je zuvor. Gern hätte ich auf deine Frage mit ›Ja, mir geht es auch so‹ geantwortet – denn ich weiß, daß du darauf angewiesen bist. Aber ich kann mir nicht erlauben, was ich tue für sinnlos zu halten.« – »Es ist seltsam«, sagte der Schriftsteller und goß sich das Glas so voll, daß der Rotwein auf das Tischtuch lief: »Ich bin richtig gekränkt, wenn es jemand anderm nicht genauso geht wie mir. Solidarisch fühle ich mich nur mit Leuten, die in ihren Tätigkeiten keinen rechten Sinn sehen. Und gerade in letzter Zeit habe ich viele solche getroffen und sie darin bestätigt. Ich hatte auch auf dich gehofft bei meiner Marktforschung. Kann ich dir denn nichts anhaben?« – »Fast wäre ich auch auf dich hereingefallen«, sagte Keuschnig. »Aber dann habe ich bemerkt, daß du, unter deinem ausführlichen Jammern, mich sehr aufmerksam und sogar verschmitzt beobachtet hast. Ich kenne das von dem Kind: im bitterlichsten Weinen beobachtet es ohne Wimpernzucken jede Einzelheit in meinem Gesicht. Wie sollte ich dir übrigens glauben, daß du auf niemanden neugierig bist, wenn du dir wie vorhin Notizen machst?« – »Ich habe nichts über dich aufgeschrieben«, antwortete der Schriftsteller. »Mir fiel nur auf, daß mein einziges Erlebnis heute die Consommé Madrilène war, die ich zu Mittag gegessen habe. Du kannst dich also vor mir einstweilen sicher fühlen.« – »Vielleicht tausche ich einmal mit dir«, sagte Keuschnig. »Es muß ein Triumphgefühl sein, vor andern so klagen zu können.« – »Vor allem erleichtert es die andern«, sagte der Schriftsteller. – In diesem Augenblick fragte ihn Stefanie: »Welches Sternbild haben Sie?«, und alle, bis auf Françoise, die Frau, die mit dem Schriftsteller gekommen war, fingen zu lachen an. – Dem Schriftsteller sprang vor Lachen der Schleim aus der Nase.

Während sie noch lachten, sagte Françoise ernst: »Ich habe Lust, mein Leben zu beschreiben, gerade weil ich mehr und mehr erfahre, wieviel ich mit den andern, die so alt sind wie ich, vor allem mit den Frauen, gemeinsam habe. Eigentlich habe ich nur ganz Allgemeines erlebt, das aber jedesmal als das ganz Besondere. Wenn ich mich erinnere, erscheinen bei mir die persönlichen Erlebnisse immer als die Folgen der gleichzeitigen politischen Ereignisse. An dem Tag, als die Nordvietnamesen Dien Bien Phu einnahmen, betrank sich mein Stiefvater und vergewaltigte mich. Mein späterer Mann benutzte ein Attentat des OAS, um mich im Bus anzusprechen. Mit dem Ende des Algerienkrieges mußten wir umziehen, weil die Wohnung einem enteigneten Algerienfarmer gehörte, der sie nun selber brauchte. Als Frankreich aus der NATO austrat, verlor ich meine Stellung als Sekretärin in einer amerikanischen Luftwaffenbasis. Im Mai 1968 zog mein Mann mit einer anderen Frau zusammen ... Ich dachte mir, daß die allgemeinen Ereignisse vielleicht deswegen meine Erlebnisse so bestimmten, weil ich eine Frau bin? Es sind ja fast nur traurige Erlebnisse, eigentlich gar keine. Aber sie haben mich verändert. Und wenn ich mit vierzig Krebs habe oder im Irrenhaus bin, werde ich wissen warum.« – »Und die weniger traurigen Erlebnisse«, fragte der Schriftsteller: »Kannst du die ähnlich erklären? Zum Beispiel, daß du vielleicht einmal angefangen hast, mich zu lieben?« – »Die Gewerkschaften haben erreicht, daß ich nur noch halbtags zu arbeiten brauche und doch fest angestellt bleibe«, antwortete Françoise. »Also habe ich weniger Ekel vor der Arbeit, weniger Angst um die Arbeitsstelle und mehr Zeit für die guten Gefühle.« – Der Schriftsteller schrieb in sein Notizbuch. Er sagte: »Ich habe mich nur gerade erinnert, daß der Weinkellner im Restaurant heute, jedesmal, wenn er eine Flasche aufmachte, den Korken an die Nase hielt, ohne wirklich daran zu riechen.« – »Hast du dabei aber die völlig heruntergetretenen Absätze des Kellners beachtet?« fragte Françoise. »Ich glaube, du willst deswegen von andern nichts wissen, weil sich das unauffällig Besondere, das du an allem sogleich entdecken möchtest, erschöpft hat. Jetzt wäre nur noch das Unerschöpfliche, das Alltägliche zu entdecken, das du angeekelt übersiehst.« – »Das unscheinbar Besondere, von dem ich lebe, hat sich nicht erschöpft«, antwortete der Schriftsteller, der mit der linken Hand aß und mit der rechten so heftig in sein Notizbuch schrieb, daß sich der Tisch verschob. »Ich bin seit ein paar Minuten wieder auf jemanden neugierig.« Françoise kniff ihm in die dicke Wange – und er steckte ihr plötzlich den Finger ins Ohr. »Und auf wen?« fragte Keuschnig, der die ganze Zeit mit einem Gefühl der Sicherheit, fast demütig, sie hatte reden lassen und die Warze in der ausrasierten Achselhöhle von Françoise angeschaut hatte. »Auf dich, mein lieber Gregor«, sagte der Schriftsteller, ohne von seinem Notizbuch aufzublicken. Der Kugelschreiber brach ihm ab, und er holte sofort einen zweiten hervor und schrieb schon weiter. Stefanie war diesmal die einzige, die lachte.

Jetzt ist es soweit, dachte Keuschnig, und der Pfirsich, von dem er gerade abbiß, wurde im Mund geschmacklos. »Sogar hier in Frankreich schmecken die Früchte nach nichts mehr«, sagte er laut. – »Wir haben über dich geredet, bevor du zur Tür hereingekommen bist«, sagte der Schriftsteller. Keuschnig fragte nichts, obwohl er gierig war, zu erfahren, was sie gesprochen hatten. »Es gibt nichts über mich zu reden«, sagte er. Es störte ihn, daß Stefanie ihn von der Seite anschaute. Aber er wollte ihr nicht Recht geben, indem er zurückschaute. Nur jetzt nicht ertappt grinsen! Er dachte an das Kind im Schlaf und wünschte sich, den Kopf auf den Tisch zu legen und sofort auch einzuschlafen. Im Flur rieselte durch ein Rohr Wasser aus der Wohnung darüber, und er kratzte plötzlich wie vor langer Zeit an seinem Nagelbett, um den Mond darunter zu sehen. Im nächsten Augenblick klickte ein Kugelschreiber, und er fuhr zusammen. Die Katastrophe ist da, dachte er. Es ist heraus, wer ich wirklich bin. Schnell stand er auf und zog den Vorhang vor das Fenster, damit wenigstens kein Außenstehender sah, was sich nun ereignen würde. Dabei erinnerte er sich an einen Satz von Stefanie, als einmal Agnes und ein andres Kind ratlos zwischen vielen Spielsachen gesessen hatten: »Sie haben zu Ende gespielt!« Ich habe zu Ende gespielt, dachte er, und eine Ader unter seinem Auge zuckte fast wohltuend. Er wollte sich noch gefaßt machen, wußte aber nicht wie. Er setzte sich an den Tisch zurück, indem er die Armbanduhr aufzog. Kein Stäubchen an seinem Anzug. Endlich wurde mit dem Kugelschreiber auf ihn gezeigt, und Keuschnig konnte nicht verhindern, daß er jetzt grinste.

»Ich habe dich heute in der Stadt gesehen«, sagte der Schriftsteller langsam und schmatzte ein paarmal den Wein nach, den er gerade geschluckt hatte. »Du warst verändert. Wenn ich dich sonst von Zeit zu Zeit traf, sahst du immer gleich aus, und doch erlebte ich dich jedesmal anders – das war ein schönes Gefühl. Aber heute warst du verändert, weil du verzweifelt versuchtest, wie immer auszusehen. Du hast so beflissen gleich gewirkt, daß ich erschrocken bin wie vor jemandem, der gestorben ist und von dem man plötzlich auf der Straße das Ebenbild sieht. Du warst auf eine Weise gleich, daß ich dich nur an deinem Anzug wiedererkannte. Es hat übrigens keinen Sinn, wenn du mir jetzt extra in die Augen schaust: so kannst du mich nicht mehr täuschen. Gerade als Stefanie dir den Teller abnahm, hast du zum Beispiel danach sofort hinter vorgehaltener Hand die Erbsen aufgetupft, die dir beim Essen darübergefallen waren. Am Weinglas hast du nach jedem Schluck deine Lippen- und Fingerabdrücke abgewischt, und als deine Serviette einmal so auf dem Tisch lag, daß die Mundspuren zu sehen waren, hast du sie schnell umgedreht, – wie das angebissene Brot vorhin. Du willst nichts für dich tun lassen, Gregor. Nicht einmal das Salzfäßchen darf man dir reichen – als hättest du Angst, man könnte dir, indem man etwas für dich tut, so nahe kommen, daß du durchschaut wirst. Was verschweigst du?«

Keuschnig tat, als blickte er den Schriftsteller an, sah aber in Wirklichkeit davor auf dem Tablett, wo Stefanie gerade Crêpes Suzette flambiert hatte, in der noch heißen Alkoholsauce sich eine Blase bilden – die jetzt platzte. Er legte sich die Messerspitze an die Stirn und dachte: Diese Gespräche vorhin sollten nur dazu dienen, daß ich mich unbeobachtet fühle. Auf einmal suchte er auf dem Tisch etwas zum Werfen. Jetzt tu ich's! dachte er, warf dann aber nur dem Schriftsteller einen Brotkrumen hin. Nicht einmal Stefanie lachte darüber. Gleich würde er sich für immer UNMÖGLICH machen. Er schaute den Schriftsteller wirklich an, flehend, und jetzt blickte dieser weg, aber nicht barmherzig, sondern wie jemand im sicheren Vorgefühl des Triumphes, im bescheidenen Stolz über die eigene Leistung; mit einem eleganten Lächeln abgewandt von seinem Opfer, das noch lebte, es nur nicht mehr wußte. – Vor Lächerlichkeit wollte Keuschnig der Kopf abbrechen. Er bemerkte, daß er unabsichtlich den Gesichtsausdruck des Schriftstellers angenommen hatte, das gleiche Schmunzeln, die gleichen gesenkten Lider – gleich verschmitzt blickten sie in der allgemeinen Stille einander manchmal kurz an . . .

In diesem Moment – er hatte gerade einen großen Pfirsichkern im Mund – erlebte Keuschnig bei vollem Bewußtsein etwas, was er sonst nur manchmal träumte: sich selber als etwas zum SCHREIEN Fremdes, das aber alle kannten und von dem jeder alles wußte – eine wie in einem Nest zur Besichtigung freigegebene, sich über den Tod hinaus schämende, sich UNSTERBLICH BLAMIERENDE Kreatur, mitten im Ausbrüten aus dem Zusammenhang geschwemmt und nun unabsehbar ein monströser, nicht zu Ende gebrüteter Hautsack, eine Verirrung der Natur, ein ZWISCHENDING, auf das alle Welt mit dem Finger zeigen konnte – und so ekelhaft, daß man, indem man darauf zeigte, gleichzeitig woanders hinschauen mußte! – Keuschnig schrie auf. Er spuckte dem Schriftsteller den Kern ins Gesicht und begann sich auszuziehen.

Er löste sorgfältig die Krawatte, legte dann die Hose genau an den Bügelfalten über den Stuhl. Die andern waren aufgestanden. Der Schriftsteller beobachtete ihn. Françoise suchte den Blick von Stefanie, die an sich herunterschaute. Der nackte Keuschnig lief um den Tisch herum und sprang Françoise an, die noch zu lachen versuchte. Sie fielen übereinander. Keuschnig griff blind in einen Teller und schmierte sich mit dem Rest von einem Ragout das Gesicht zu. Zufällig berührte er das Bein des Schriftstellers. »Misch dich nicht ein!« sagte er und schlug schon nach ihm. Er stand auf, und sie fingen an, einander zu prügeln, langsam, ein Schlag nach dem andern, Auge in Auge, völlig lautlos, systematisch und zäh wie Kinder. Endlich merkte Keuschnig, daß er gleich weinen würde, vor Erleichterung, daß er sich nicht mehr verstellen mußte, vor Kummer, daß es nun aus mit ihm war. Ah, ich weine, dachte er zufrieden. Aber er drehte sich nur von dem Schriftsteller weg und sagte mit großer Lust zu Stefanie: »Ich habe heute nachmittag im Botschaftsgebäude mit einem Mädchen auf dem Boden gelegen, das ich vorher nicht einmal nach dem Namen kannte«. – Sie lächelte mit nur einer Mundhälfte, und er wiederholte den Satz, um zu klären, daß er es böse meinte.

4

Der gewaschene und wiederangezogene Keuschnig lud den Schriftsteller zu einem Nachtspaziergang ein. Die Frauen waren im hinteren Zimmer verschwunden, und man hörte nichts mehr von ihnen. »Als wir am Abend über den Pont Mirabeau herkamen, war die Seine ganz ruhig«, sagte der Schriftsteller, »keine einzige Welle.« – »Ich habe für heute genug Wasser erlebt«, antwortete Keuschnig. »Laß uns lieber die Eisenbahngleise entlang hinauf nach Passy gehen. Ich möchte jetzt gehen, nur geradeausgehen. Ich kann nichts andres mehr tun.«

Schweigend gingen sie den Boulevard hinauf. Fast alle Fenster der ziemlich hohen Häuser waren schon dunkel, bei vielen die Rolläden heruntergelassen, die Bewohner im Urlaub; nur in den kleineren Dachfenstern hier und da noch Licht. Der Boulevard war, mit der Senke für die Eisenbahn, so breit, daß von der anderen Seite das Geräusch ihrer Schritte als Echo zurückkam. Es begegnete ihnen niemand. In einem Auto am Straßenrand saß im Finstern ein Paar und schaute nur vor sich hin. Am Himmel waren helle, vom gelben Stadtlicht gefärbte Nachtwolken, mit schwarzen Durchblicken darin auf die Sterne. Der Wind war so schwach, daß sich an den Bäumen nur die Blätter bewegten, und auch nur die am Ende eines Astes oder

Zweiges. Im Strahl der Laternen hinter dem Laub erschienen die Äste als festes schwarzes Astwerk, um das herum sich leise ein wie von innen leuchtendes, Licht und Schatten spielendes Blattwerk regte. Die sich drehenden Blätter hörte man nur, wenn man hinhörte: kein Rauschen, sondern ein stilles, fast beängstigendes Sieden. Dazwischen raschelte viel lauter manchmal ein einzelnes Blatt auf, das unter den andern grünen schon verwelkt war. Aus den Augenwinkeln sah Keuschnig anstelle des sich langsam durcheinander wälzenden Laubs plötzlich sich vorwagende und zurückziehende Tierknäuel. Aus einem Baum fiel ein schwarzer gepanzerter Käfer hart auf den Boden. Frische Hundepisse floß überall auf dem Gehsteig... Ohne daß er etwas beobachtete, merkte Keuschnig, daß ihm nichts entging. Er blieb stehen und spürte den Wind nur noch als kühle Luft an den Schläfen vorbei.

Als sie an der RUE DE L'ASSOMPTION vorbeikamen, fiel ihm das Café de la Paix wieder ein, und die Frau, mit der er sich für den nächsten Abend verabredet hatte. Er setzte sich auf eine Bank am Rand des Boulevard, mit dem Blick in die lange, finstere, und doch durch ihren Namen ungesucht verheißungsvolle Rue de l'Assomption hinein. Er hatte sich keinen Hinweis gewünscht, aber jetzt hatte er ohne Absicht einen ERLEBT. Brauchte er ihn?

Der Schriftsteller setzte sich zu ihm und breitete sich dabei so aus, daß er ihn fast verdrängte. Er sagte nach einiger Zeit: »Ich habe auf einmal Lust, Hitchcock's VERTIGO wiederzusehen, den spanischen Kirchturm mit dem umflorten blauen Himmel dahinter, sofort! Für eine Anthologie hat man mich gefragt, was ich vom Gebet hielte, das doch wiederentdeckt zu werden scheine. Hast du jemals gebetet?« Keuschnig wollte irgend etwas antworten, atmete dann aber nur aus. Im nächsten Moment gab es ihm einen Ruck vor Zufriedenheit, daß er nichts gesagt hatte. Ich bin frei, dachte er. Ich muß nicht mehr reden. Es war wie eine Genugtuung, endlich schweigen zu können. Und er lachte überrascht auf.

Sie gingen weiter, bis zum Bahnhof von Passy hinauf, und dort hatte Keuschnig Lust, im schwarzen Bois de Boulogne zu verschwinden. Aber er wollte jetzt nicht mehr laufen. Sinnlos würde die ganze Nacht das blaue Signallicht unten in der Bahnsenke leuchten ... In dem einzigen noch offenen Café, wo sie dann, umgeben von auf die Tische gestellten Stühlen, Cognac tranken, erzählte der Schriftsteller, wie er sich vor kurzem bei dem Anblick eines Baßgitarristen gewundert habe, daß dieser nie aus dem Rhythmus kam. »Der muß seinen Frieden mit der Welt gemacht haben«, sagte der Schriftsteller, der sich gerade eine Zigarette in den Mund steckte und sie dabei abbrach. Ein Hund bellte plötzlich in den stillen Straßen um die Porte de Passy, und ein andrer, fast unten an der Porte d'Auteuil, antwortete, wie Hunde nachts auf dem Land. In einem der völlig dunklen Häuser ging ein Toilettenlicht an und gleich wieder aus. Obwohl es schon nach Mitternacht war, rasselte noch ein Rolladen herunter. Wie uneinnehmbare Fluchtburgen erschienen jetzt die Bürgerhäuser. Autos rauschten weiter weg auf dem Boulevard Périphérique, aber keines näherte sich mehr. War das eine Ratte, die dort mit hellen Beinen über die Straße lief? Das Gehsteigpflaster glitzerte wie die Stufen in der Métro ... Das war der Augenblick, an dem Keuschnig nichts anderes mehr war als müde.

Auf dem Weg nach Hause wurde aus der Müdigkeit Angst, und aus Angst wurde er rücksichtslos. Er ging so schnell, daß der dicke Schriftsteller schließlich zurückblieb. In dieser Angst vergaß er sogar, Zeichen zu sehen. Die bloßliegenden Baumwurzeln auf dem zur Senke hin ungepflasterten Gehsteig waren für sich allein schrecklich. Aber als er in Panik das Haus erreichte, saßen die beiden Frauen, mit den Köpfen aneinandergelehnt, davor auf den Stufen und redeten leise, ohne ihn zu beachten, in feindseliger Geborgenheit, und Gitarrenmusik kam dazu aus der offenen Tür.

Sie rückten nicht zur Seite, als er an ihnen vorbei in die Wohnung ging. Daß er sie dabei streifte, beantworteten sie nur, indem sie lauter sprachen. Er wünschte ihnen den Tod.

Er setzte sich ins Speisezimmer, wo noch die schmutzigen Teller standen. Viele Gedanken durcheinander, in ganzen Sätzen, doch alle unaussprechlich. Es war unvorstellbar, daß er jemals wieder Atem holen würde, um ein Wort hervorzubringen. Aber es war ebenso widerwärtig, sich jetzt zum Beispiel ins Bett zu legen. Wie ein Kranker konnte er weder stehen noch liegen, nur vorgebeugt sitzen, ohne Bewegung. Die Augen zumachen, um nichts mehr zu sehen – doch dazu hätte er Lider für den ganzen Körper gebraucht. Er mußte zuhören, wie die Frauen draußen auf den Haustorstufen über ihn schon in der dritten Person sprachen – »Männer wie Gregor« –, als ob er nicht mehr zählte. Einmal gingen welche an dem ebenerdigen Fenster vorbei, die in der stillen Nacht spanisch redeten, und er erlebte einen flüchtigen Moment der Sehnsucht und der Linderung. Der Schriftsteller kam schnaufend herein und setzte sich ihm gegenüber auf den Boden. Wie lächerlich! Er nahm ihn wahr, ohne aufzuschauen. In seiner allwissend tuenden Gegenwart begannen ihm in allen Körperöffnungen zahllose kleine Würmer zu wimmeln; ein unerträglicher Juckreiz, vor allem am Glied und in den Nasenlöchern. Er kratzte sich. In den Ohren löste sich getrocknetes Ohrenschmalz von den Gehörgängen und fiel woandershin . . . Ich möchte jetzt etwas UNSCHULDIGES sehen, dachte er: jemanden, von dem ich nichts kenne; von dem ich nicht weiß, wie er sein wird. – Aus dem Mund des Schriftstellers hörte er einen Schnalzlaut, als ob sich die

Zunge zum Reden drohend vom Gaumen löste – und schon hörte er ihn sich wirklich räuspern. Nichts sagen! »Wenn alles eingespielt ist«, sprach der Schriftsteller, »kann man ja mit deinen Gesten auskommen – aber im Ernstfall müßtest du doch zu reden anfangen.« Keuschnig zeigte ihm nur die Zähne, und der Schriftsteller wollte weggehen, kam aber nicht vom Boden auf. Er rollte hin und her, und nach einiger Zeit rief er die Frauen zu Hilfe, die ihn dann aufhoben und mit ihm hinausgingen, ohne ein Wort vor Keuschnig, ohne zu lachen. Draußen redeten sie pausenlos.

Keuschnig blieb so, unbeweglich, bis er hörte, wie die Gäste diese sitzende Veranstaltung in einem sattsam rasselnden Dieselmotortaxi verließen. Er hörte, wie Stefanie überall das Licht ausschaltete und ins Badezimmer ging. Er saß im Dunkeln und hörte, wie sie sich die Zähne putzte. Er hörte, wie sie durch den langen Flur zu ihrem Zimmer ging, wie sie die Tür auf- und zumachte. Er hörte eins nach dem andern, den Lauf der Dinge, und konnte nichts an diesem Tag überspringen oder vernachlässigen.

Nach langer Zeit stand er plötzlich, ohne zu wissen, wie er aufgestanden war, und ging schon zu ihr. Es war dunkel im Zimmer. Sie atmete wie im Schlaf. Er blieb stehen, teilnahmslos, wurde auch schläfrig. Da sagte sie langsam und ganz wach: »Du weißt, Gregor, ich liebe dich . . .«, aber so ruhig, daß er erschrak. Er machte Licht und setzte sich zu ihr. Sie sah so feierlich ernst aus, daß es ihm nicht recht vorkam, dabei ihre verstreuten Sachen im Zimmer zu sehen. Und doch sah er sie beim Anblick dieses Gesichts, deutlicher als sonst. Während sie einander anschauten, wollte er ihr auf einmal den Kopf unter das Kinn stoßen. Sie begann zu schluchzen, und er bemerkte, daß sich dabei auf ihren Armen Gänsehaut bildete. »Bist du traurig?« fragte er. – »Ja«, sagte sie. »Aber du kannst das nicht ändern.« Er beugte sich zu ihr und streichelte sie, selber zitternd, ohne Hintergedanken. Wie kalt alles an ihr war! Er wurde erregt und legte sich auf sie. Da stieß sie ihn mit dem Fuß vom Bett herunter, daß er auf den Boden fiel. Fast zufrieden trollte er sich aus dem Zimmer.

Nun war alles tatsächlich ein Witz geworden! Mit einem Buckel und schielenden Augen betrat er das ELTERNSCHLAFZIMMER. Boshaft unordentlich ließ er die Hose über einen Stuhl fallen. Er saß dann im Bett und las die drei Restaurantführer, einen Bleistift in der Hand, mit dem er ab und zu um die Sterne, Kronen und Kochmützen Kreise zeichnete. Ein noch so kleiner Ort am Rand der Welt war doch nicht außerhalb, wenn es dort ein empfohlenes Restaurant gab! Wie viele Fluchtwege ihm offenstanden! – Er versuchte, sich an den vergangenen Tag zu erinnern, und merkte, daß er das meiste schon vergessen hatte. Er wurde stolz, daß er noch lebte. Sein Kopf sank zur Seite, und er machte schnell das Licht aus. Als der Kopf das Polster berührte, war Keuschnig schon eingeschlafen.

Er erwachte kurz danach in einer steil abstürzenden Felswand, aus einem Traum, in dem er ermordet werden sollte. Er erwachte, weil ihm im letzten Moment einfiel, daß er selber der Mörder war. Er war der zu Ermordende, und er war der Mörder, der gerade von draußen aus dem Dunst in das Haus kam. Das Aufwachen besserte nichts – das Entsetzen hatte nur keine Gegenstände und Bilder mehr. Er war aufgewacht, ganz ausgestreckt, die Arme gerade an den Körper gelegt, der eine Fuß über dem andern, Sohle auf Rist, mit zusammengebissenen Zähnen, und die Augen hatten sich so rasch geöffnet wie bei einem erwachenden Vampir. Er lag sprachlos und bewegungsunfähig, verpestet von Todesgrausen. Nie würde sich etwas ändern. Es gab weder Flucht noch eine Art von Erlösung. Keine Rippen schienen das Herz mehr zu schützen. Es schlug, als ob nur noch die Haut darüber sei.

Im Zimmer war es so undurchdringlich dunkel, daß er in Gedanken aufstöhnte vor Haß, vor Ekel, vor Wut – ohne aber einen Laut hervorzubringen. Dabei hatte er sich früher gedacht, daß in einem fremden Land, in einer andern Sprache, auch die lebenslangen Angstanfälle eine andre Bedeutung annehmen könnten, mindestens nicht so heillos wären, und daß er ihnen, vor allem, weil er doch die fremde Sprache bis jetzt nicht aus dem Körper sprach und in Frankreich überhaupt viel weniger körperhaft lebte als vorher in Österreich, nicht mehr so kadavergehorsam ausgesetzt sein müßte wie in seinem Geburts- und Kindesland ... Als ob ihn diese Gedanken wieder beweglich gemacht hätten, schlug er auf das Bett ein, wie als Kind auf einen Gegenstand, an dem er sich gestoßen hatte.

Dann wurde ihm die Vorstellung widerwärtig, daß er vor dem Lichtauslöschen auf dem Nachttisch einige eingetrocknete Ringe von dem Wasserglas bemerkt hatte. Am nächsten Morgen würde er als erstes diese Ringe wegwischen müssen. Auch das schmutzige Geschirr fiel ihm ein, das noch im Eßzimmer stand. Wie hoffnungslos unordentlich alles war, wie endgültig verkommen. Im Kühlschrank stand zum Beispiel eine offene Konservendose mit Mais, und niemand hatte die nicht aufgebrauchten Maiskörner aus der Dose, wo sie bald verderben würden, in eine Schüssel umgefüllt. Die Schallplatten waren nicht in die Hüllen zurückgeschoben worden ... Und im Badezimmer die Haare in der Haarbürste! Wer sich da noch eine Zukunft vorstellen konnte, der mußte ja wahnsinnig sein.

Er wollte einschlafen. Vielleicht ergab sich etwas Neues, während er schlief. Einen neuen Menschen brauche ich! wiederholte er, und die Muskeln ballten sich am ganzen Körper. So habe ich ja früher gebetet, dachte er überrascht: mein Gebet bestand darin, daß ich mir mit angespannten Muskeln wortlos etwas wünschte. – Er ging zum Fenster und zog die Vorhänge auf.

Wieder im Bett, spürte Keuschnig eine, wie er meinte, endlich auch verdiente Müdigkeit. Weiter oben im Haus hustete ein Kind, tief aus der Brust heraus und sehr lange. Der Husten mußte ihm wehtun; denn es weinte dann ein bißchen, vielleicht im Schlaf, keuchte schwer nach. Keuschnig zog die Beine an und legte sich die Hand über das Gesicht. Außer mit dem Concièrge-Ehepaar hatte er nie mit einem Hausbewohner gesprochen, wußte von niemandem, wie er aussah. Die Uhr schlug eine volle Stunde an der Kirche von Auteuil. Das Kind hustete wieder, rief dann nach der Mutter, einige Male. Keuschnig bemerkte, daß er schon die ganze Zeit ohne Absicht mitzählte: er wußte jetzt, wie oft das Kind gehustet hatte, welche Stunde die Kirchturmuhr geschlagen hatte, wie oft das Kind rief . . . Neugierig schlief er ein.

Der nächste Traum handelte von seiner Mutter, die in seinen Träumen immer lebendiger wurde. Er tanzte mit ihr, ziemlich eng, scheute sich aber, sie Körper an Körper zu berühren, so daß er fast neben ihr stand, während sie tanzten. Er erwachte mit den Wörtern »Gästebett«, »Norddeutscher Raum«, »Krankenbesuch«, »ein guter Rutsch!«, »Österreichkeller«, »Magenfahrplan«, »Töchterchen«, »Ginkgobaum« im

Kopf – alle am letzten Abend ausgesprochen – und mußte sich in Gedanken an Stefanies Frage in einem chinesischen Restaurant: »Wie ist das Chop Suey hier?« auf die andere Seite legen, um nicht zu erbrechen. Als nächstes fiel aus dem Winterhimmel eine tote Krähe auf einen Bären herunter. In der Küche wurde unterdessen in einem großen Topf Sülze gekocht. Dann stieß er auf eine Tote, die unbeerdigt an einem abschüssigen Hang lag, gestocktes schwarzes Blut im offenen Mund, und streute Sand über sie. Danach stand er wieder einmal auf einer Bühne und wußte in seiner Rolle nicht weiter – obwohl er selber den Text geschrieben hatte. Er erwachte und sah am nachtgrauen Himmel vor dem Fenster einen blinkenden Satelliten vorbeiziehen. Es ist aus, dachte er, ich liebe niemanden mehr. Das nächste war, daß er in einer fremden Wohnung vergessen hatte, nach dem Scheißen die Spülung zu ziehen, und schon war jemand andrer auf dem Weg zum Klosett. Alle waren auf einmal gegen ihn. Er rannte allein über ein stilles Alpenplateau mit eiligen Wolkenschatten, und immer noch wurde nicht auf ihn geschossen. Es war wieder Krieg, und der letzte Autobus fuhr mit ihm weg, während sein Kind draußen stehenblieb. Als er aufwachte, lief ihm vor Angst der Speichel aus dem Mund. Dann ritt er auf einer sehr dicken Frau, mit ihrem Menstruationsblut an seinen Schamhaaren. Weil er an einem Millionenraub beteiligt war und nicht mehr nach Hause konnte, fing er mit einem falschen Paß und geänderten Fingerabdrücken ein neues Leben an. Dieser Traum lief so langsam ab, daß er ihn für Wirklichkeit hielt. Mit einer eigenartigen Freude erfuhr er, es gäbe keine Verjährung und er müßte als Niemand sein Leben weiterführen bis zum Tod. Eine wichtige Nacht, dachte er im Halbschlaf. Schon ekelte er sich vor dem leeren, zusammenhanglosen Wachsein. Ein letzter Traum bitte, der vielleicht die Erlösung wäre! – Während in der Wohnung über ihm schon die Radioweckmusik schallte, ging Keuschnig in einem farbigen Morgentraum durch ein sonniges Tal, so unermeßlich, so paradiesisch beseelt, daß es eine schmerzhafte Lust war. Aus den Häusern waren Einkehrgasthöfe geworden, Holztische und Bänke davor in einem freundlich schimmernden Gras, und die Luft so lau, als hätte er sein Element gefunden. Dann wurde in der Küche die Sülze umgestülpt. Es donnerte, und von allen Träumen verlassen wachte Keuschnig vor einem dunklen Himmel endgültig auf, nichts als ein kleiner, verächtlicher Übeltäter, der den Sinn aus den Träumen sofort verlor. – So begann der Tag, an dem seine Frau von ihm wegging, an dem ihm sein Kind abhanden kam, an dem er zu leben aufhören wollte und an dem schließlich doch einiges anders wurde.

5

Es blitzte und donnerte fast gleichzeitig – so fand Keuschnig nicht die Zeit, über die Träume nachzudenken. Er bekam kurz ein heimatliches Gefühl bei dem Morgengewitter – ein düsterer Sommermorgen auf dem Land. Im Innengarten der Nachbarwohnung redeten ein Mann und eine Frau, so ruhig, und mit so großen Pausen, als wäre es schon wieder Abend! Oder als wären sie blind, dachte Keuschnig. – Im ganzen Haus liefen Leute, um die Fenster zu schließen, die sie gerade erst geöffnet hatten. Die Plattenspieler und Radios wurden ausgeschaltet. Es fing zu regnen an, aber das Rauschen beruhigte ihn nicht. Der Regen war nicht für ihn, fiel für andere, in diesem fremden Land. Es fröstelte ihn unbehaglich, weil der Himmel nicht mehr so dunkel war. Daß er nicht weiterwußte, sein Überdruß, sein Unmut kamen ihm auf einmal als eine FAULHEIT vor, und in dem Schuldgefühl, faul zu sein, wurde er noch überdrüssiger, aber ohne die frühere Überzeugung, im Recht zu sein. Läßt sich dieses schlechte Gewissen über die eigene tiefe Unlust mit der Herkunft erklären, dachte er, die einen ermahnte, nur fleißig zu sein – dann könnte nichts mehr passieren? Oder mit der Religion? Schluß mit den Erklärungsgedanken. Es war, als ob das Gehirn selber sich von ihnen abwendete.

Wenigstens die Dinge taten ihm gut an diesem Morgen: auf dem Bauch das heiße Wasser der Dusche, unter der er nicht mehr weggehen wollte; das weiche Handtuch, in dem er plötzlich den Essig roch, mit dem ihm vor langer Zeit woanders die gewaschenen Haare gespült worden waren. Er beschloß, sich nicht zu rasieren. Das war ein Entschluß, und das erleichterte ihn. Dann rasierte er sich doch und ging stolz über diesen zweiten Entschluß durch die Wohnung.

In den vorderen Räumen traf er auf Stefanie in einem grauen Reisekostüm. Sie saß an einem Steintisch und schrieb etwas, in Druckbuchstaben. »Ich warte nur noch, bis das Gewitter vorbei ist«, sagte sie. »Bitte ruf mir dann ein Taxi.« Sie schaute ihn an und sagte: »Es ist so gleich – ich bin glücklich, und gleichzeitig könnte ich mich umbringen, und gleichzeitig könnte ich Platten hören. Es tut mir nur leid für das Kind.« Sie hat ein Gesicht, als hätte sie in ihrer Trostlosigkeit geschlafen, dachte Keuschnig. Und ebenso dachte er: Nicht einmal das Geschirr hat sie vorher abgewaschen. Er erschrak vor ihren unbeweglichen Tieraugen, vor ihren vergrößerten schwarzen Nasenlöchern, und brachte kein Wort hervor. »Bist du krank?« fragte sie, als wäre das eine Hoffnung, und sie könnte ihm helfen, wenn er sich nur wenigstens für krank erklärte. Aber Keuschnig blieb stumm, und als er noch immer nicht wußte, was er ihr sagen sollte, dachte er unwillkürlich: Was könnte ich ihr nur kaufen? »Ruf jetzt das Taxi«, sagte sie. Die

Taxinummer war auch so ein Ding, das ihm jetzt wohltat: siebenmal fast dieselbe Zahl. Plötzlich, während er auf die Auskunft der Taxizentrale wartete und dazu die Kleine Nachtmusik aus dem Telefon hörte, fiel Stefanie um – ohne sich mit den Händen zu schützen. Er beugte sich zu ihr und schlug sie ins Gesicht. Von ihm aus konnte sie tot sein. »In fünf Minuten«, sagte die Telefonistin. Er mußte lachen. Stefanie blieb liegen, und er hob sie auf, kurzatmig vor Gefühllosigkeit. Er wollte nicht, daß sie wegging, und doch war sie ihm lästig. – Als sie in das Taxi stieg, dachte er daran, ihr zu sagen: Ich hoffe, daß du zurückkommst. Er versprach sich aber und sagte, in demselben Ton, in dem er eigentlich das andere meinte: »Ich hoffe, daß du stirbst.« – Es schien wieder die Sonne. Der Himmel war blau, die Straße fast trocken. Nur auf den Dächern der Autos, die aus dem noch bewölkten Norden kamen, zitterten die Wassertropfen. Über dem Bois de Boulogne stand ein breiter, leuchtender Regenbogen. Für jemand anderen könnte jetzt etwas anfangen! dachte er.

Keuschnig ging zu dem Steintisch und las den Zettel, den Stefanie geschrieben hatte. »Erwarte nicht von mir, daß ich dir den Sinn deines Lebens liefere.« – Sie ist mir zuvorgekommen, dachte er gedemütigt. Nun kann *ich* es ihr nicht mehr sagen. – Auf einmal erlebte er sich wie die Figur einer längst zu Ende erzählten Geschichte. »An diesem Morgen erwachte er früher als gewöhnlich. Sogar die Vögel gaben noch Laute wie aus dem Schlaf.

Es versprach, ein heißer Tag zu werden ...« So fingen Beschreibungen letzter Tage an. Der Regenbogen war immer noch da, aber er wünschte ihn jetzt weg. Er ging durch den langen, dunklen Flur zu dem Zimmer des Kindes mit dem lächerlichen Gefühl, das Taschentuch in der falschen Tasche zu haben – in der linken statt in der rechten. Wie ungerührt er weiterexistierte!

Ratlos betrachtete er das schlafende Kind. Er roch an ihm. Es drehte sich um. Dann erwachte es, mit einem Seufzer, ohne ihn zu bemerken. Es rief nur laut, daß es eine Kokosnuß essen wollte, und schlief weiter. Mit einem WUNSCH ist sie aufgewacht! dachte er. Sie öffnete wieder die Augen und schaute mit dem ersten Blick weit weg zum Fenster hinaus. Er machte sich bemerkbar, und sie sah ihn ohne Überraschung an. Sie sagte, gerade sei eine ganz weiße Wolke vorbeigeflogen. Verdrossen blickte er auf die Schokoladeflecken an ihrem Leintuch – wie unvorstellbar, heute auch noch das Bettzeug zu wechseln. Als sie ihm etwas sagen wollte, beugte er sich eigens zu ihr, um seine Aufmerksamkeit zu zeigen, wurde dabei aber nur noch unaufmerksamer. Abwesend drückte er sie um so fester an sich. »Vergiß mich nicht«, sagte er sinnlos. Manchmal vergesse sie ihn, antwortete sie. Er ging weg und schaute sich im Spiegel an.

Bevor er in der Küche das Gas anzündete, um die Milch zu wärmen, hatte er eine fixe Idee: sie wären in der

Wildnis, und das Streichholz, das er jetzt anrieb, wäre das letzte. Würde es gelingen? Als das Streichholz brannte, war er sehr erleichtert. Dann hatte er eine andere Zwangsvorstellung: ein Ausnahmezustand war erklärt, und man konnte auf unabsehbare Zeit nicht mehr einkaufen gehen. Und beunruhigt schaute er in den ziemlich leeren Kühlschrank hinein. Er telefonierte mit dem Botschafter und sagte, er könnte nicht zur Arbeit kommen, das Kind sei krank. Nichts heraufbeschwören, dachte er sofort und sagte, es sei eigentlich nicht krank, er müßte es nur zur Schluckimpfung bringen. – Und wenn sie nun von meiner Lüge krank geworden ist? dachte er nachher und schaute nach. Sie lag im Bett und gähnte, und er erlebte das als Zeichen der Beruhigung. Der umgekippte Spieleimer in ihrem Zimmer dagegen warnte ihn. Vorsorglich stellte er ihn auf. Dann fand er in seiner Hosentasche zwei monatealte Eintrittskarten zum Marionettentheater im Jardin de Luxembourg und fühlte sich für Momente ganz in Sicherheit. Kurz nachher bemerkte er, wie er ein weißes Leintuch vor dem Zimmer des Kindes zusammenfaltete. Erschreckt ging er mit dem Leintuch woandershin ... Aus einem Luftballon war über Nacht die Luft entwichen! Er blies ihn rasch wieder auf. Und die Wurst, die das Kind im Bett aß, hieß sicher nicht zufällig *Mort*adella! Er nahm sie ihr sofort weg und vertauschte sie mit einer Knoblauchwurst ... Er selber verzehrte eine Birne, und zwar, wie nur je ein Sorgloser, mit Putz und Stiel – nun mußte doch alles wieder im Gleichgewicht sein? Um gegen das nächste schlimme Zeichen etwas im voraus zu tun, hob er auch noch ein Buch vom Boden auf und stellte es ganz gerade in das Regal. – Als er dann an einer Zahncremetube drückte, die er schon leer geglaubt hatte, und etwas herauskam, war Keuschnig gerührt, wie ihm die Dinge jetzt halfen.

Er setzte sich in den wieder sonnigen Innengarten und putzte alle erreichbaren Schuhe. Daß ihm die Schuhe nie ausgingen! Das Kind schaute ihm wortlos zu, und es gelang ihm, an nichts mehr zu denken. Und wenn er etwas dachte, waren die Gedanken wie ein wohliger Halbschlaf... Er erlebte ein ruckhaftes Glück, als er in die von der Sonne auch innen angewärmten Schuhe stieg. Aber dann erschien ihm seine Sicherheit wieder als eine bloße Stimmung, und er erschrak und wurde zugleich unfroh.

Er ging in der Wohnung hin und her; hob Sachen auf, um sie wegzuräumen, und legte sie nach einiger Zeit an dieselbe Stelle zurück. Er ging, stockte, drehte sich um sich selber und dachte plötzlich, daß er in seiner Ratlosigkeit und seinem Mißmut eine Art von Tanz aufführte! – Er konnte jetzt an keinem Spiegel vorbeigehen, ohne sich darin zu betrachten. Angewidert drehte er sich von dem einen weg und betrachtete sich im nächsten. Ich tanze wirklich! dachte er. Mit dieser Vorstellung gelang es ihm wenigstens, sich von einem

Ende zum andern durch die finsteren Räume zu bewegen.

Er wollte dem Zug zuschauen, wenn er an dem Haus vorbei zur Gare St. Lazare fuhr, von wo man in zwei Stunden am Meer war . . . Er wartete an dem offenen Fenster, und endlich verließ ein Zug den Bahnhof von Auteuil. Die Glühbirnen in den Waggons flackerten an den Weichen. Wie etwas ganz Inniges, etwas nur für ihn sah er die breiten gelben Streifen an den Wagen, und die blauen Funken unter den Rädern . . . Die Fahrgäste saßen mit aufgestützten Ellenbogen, die Gesichter so gelöst und friedlich, als könnten sie an nichts Böses mehr denken, wenigstens nicht für die ersten hundert Meter, die der Zug aus dem Bahnhof fuhr . . .

Er hatte Lust, hinauszugehen. Aber Agnes wollte im Haus bleiben. Er versuchte, sie anzuziehen. Als sie sich sträubte, hätte er sie beinahe mit Gewalt zurechtgebogen. Er schlug sich selber mit der Faust an den Kopf, so heftig, daß ihm die Tränen kamen. Dann ging er weg und zerriß Papier. Er hatte das Gefühl, mit dem Kopf gegen eine Mauer rennen zu müssen, und zwar ohne Überzeugung!

Wieder fing das Hin- und Hergehen an. Agnes saß malend und schmatzte laut an einem Stück Kuchen. Auf einmal sah er sich ein Messer nach ihr werfen. Er ging schnell zu ihr und berührte sie. Sie schob ihn weg, nicht einmal feindselig, sondern weil er sie in ihrer Beschäftigung störte. Er wollte ihr das schmutzige Malwasser ins Gesicht schütten. Wenn er ihr wenigstens die Geschichte von gestern erzählen könnte, wie die Welt ihm aufs Wort gehorcht hatte! Er versuchte es, aber er war so sehr woanders, – nicht einmal woanders, sondern nirgendswo –, daß er sich in jedem Satz versprach. Sie lachte über die falschen Wörter, die er gebrauchte, und verbesserte ihn. »Geh doch weg!« sagte sie. Plötzlich hatte er Angst, sie zu töten, mit einem Faustschlag. Er ging weg, weit weg, und schnitt sich selber Fratzen. Es kam ihm vor, allein durch die Vorstellung, Agnes zu schlagen, hätte er für immer das Recht verwirkt, auch nur eine Sekunde bei ihr zu sein. Der Mörtel an den Wänden erschien ihm glitschig, würde gleich in Fladen zu Boden fallen. Nicht einmal im Klosett, wo er doch früher oft selig aufgeatmet hatte, sobald er nur den Riegel vorschob, fühlte er jetzt eine Geborgenheit. Er saß eine Zeitlang da, zu apathisch, die Scheiße herauszudrücken, ging woandershin – wo er dann stand und nicht wußte, was er da sollte. Eine Antwort von Stefanie fiel ihm ein, als er sie einmal gefragt hatte, ob sie nicht für ein paar Tage zum Beispiel nach London wollte: »Ich will nicht allein in London SITZEN.« Und ich sitze jetzt hier, dachte er, wie eine Frau, die in einer fremden Stadt im Hotelzimmer SITZT. Das Kind hindert mich am Nachdenken! – Aber vielleicht könnte ich gerade an dem Kind eine andre Art des Nachdenkens erlernen? – Er fühlte sich auf eine unappetitliche Weise allein. In einem ruckartigen Erinnerungsbild zuckte in einer Ackerfurche, die gerade gepflügt worden war, ein zweigeteilter Engerling. Keuschnig ging eine Weile mit gesenktem Kopf im Kreis, immer im Kreis. Das Kind hatte so selbstverständliche Wünsche: daß er ihr aus Papier ein Flugzeug faltete – daß er einfach mit ihr SPIELTE. Aber es war ihm unmöglich, jetzt zu spielen, ihre selbstverständlichen Wünsche zu erfüllen. Alles, was er weggeworfen hatte, holte sie wieder aus dem Abfallkorb ... Er rief die Zeitansage an und hörte die ekelhaft gewalttätige Stimme eines Mannes, den er sich fett in einem Lehnstuhl vorstellte, voll Menschenverachtung die Zeit ansagend. Wieder ging er im Kreis, mit immer schwererem Herzen, schrie ab und zu das Kind an, ihn in Ruhe zu lassen. Wem könnte er einen Fußtritt versetzen? Er ging, sah, atmete, hörte – das Unerträgliche war, daß er dazu auch noch lebte!

Unabsichtlich las er so im Gehen eine herumliegende Drucksache. Als er am Ende des Zettels die vorgedruckten Worte »Mit freundlichen Grüßen« sah, fühlte er sich plötzlich davon persönlich gemeint und aufgemuntert. Gierig las er den ganzen Text noch einmal. »Wir beglückwünschen Sie – Sie haben einen guten Kauf gemacht.« Er fand eine Ansichtskarte, die ihm eine Frau aus dem Urlaub geschickt hatte: »In der letzten Nacht habe ich von Dir geträumt, und jetzt denke ich an Dich.« Er las alle Briefe der letzten Tage. Wie mild man ihm schrieb, wie sehnsüchtig – als ob die Leute im Sommer, in ihrer freien Zeit, nicht nur länger schliefen und schönere Träume hätten, sondern das Geträumte auch ernster nähmen. – Trotzdem war er verdrossen, wenn er schon auf dem Umschlag eine Handschrift erkannte. Er wünschte sich einen Brief von jemand Unbekanntem.

Er wusch das Geschirr vom letzten Abend ab, bügelte ein paar Taschentücher und nähte an einem Kleid von Agnes einen Druckknopf an. Danach war er eine Zeitlang sehr zufrieden, ging immer wieder, um seine Arbeit zu betrachten. Er erinnerte sich an Stefanie: Wie dankbar sie, die bis dahin fast nur bei ihren Eltern und im Mädcheninternat gelebt hatte, ihm gewesen war, als sie bei ihrem Restaurantbesuch mit ihm nicht alles aufessen mußte! Zu Tränen gerührt hatte sie ihn angeschaut . . .

Er spielte Munterkeit, indem er pfiff und summte – damit es Agnes im anderen Zimmer nicht zu still würde. Sie rief sofort, er solle doch aufhören. Wie könnte er unterhaltsam für sie sein? Als er einmal irgendwo anstieß, übertrieb er den Schmerz, indem er laut jammerte, in der Hoffnung, ihr so die Zeit zu vertreiben. »Willst du einen Apfel?« fragte er dann, in einem Ton, als sei der Apfel DIE IDEE. Bevor er den Apfel wusch, ging er eigens und zeigte ihn ihr, als eine Art, mit ihr zu sprechen, weil ihm nichts anderes einfiel. »Schau, wie rot der Apfel ist!« sagte er, künstlich erstaunt, damit auch sie erstaunte. Die Röte des Apfels mußte ihr etwas mitteilen, das er selber ihr nicht beibringen konnte. Vor allem fürchtete er sich davor, daß sie ihn fragen würde: »Und was soll ich jetzt tun?« – weil er dann keinen einzigen Vorschlag gehabt hätte.

Er wollte in die Küche gehen. Auf dem Weg dahin schien es ihm plötzlich wichtig, ein bestimmtes Restaurant nachzuschlagen. Aber dann suchte er, vergebens, ein andres Restaurant, am Meer, wo ihm einmal eine hausgemachte Pastete serviert worden war, in der Sand geknirscht hatte. Er setzte den Weg in die Küche fort, kehrte davor jedoch um, weil im Eßzimmer noch ein Aschenbecher zum Ausleeren stand. Dabei fielen ihm all die ungemachten Betten ein, und er ging mit dem vollen Aschenbecher, um sie herzurichten. Zuerst wollte er aber das Licht im Badezimmer ausschalten. Unterwegs sah er eine Zeitung und las erst einmal lange darin ... Dann betrat er die Küche und ließ das Wasser rinnen, ohne zu wissen warum; drehte es nach einiger Zeit wieder ab.

In dieser Stumpfheit wünschte er sich, wenigstens wieder die Zeichen zu erleben, und als er den Apfelrest in einen leeren Blecheimer warf und dabei die Innenwände traf, hallte es wirklich bedrohlich. Er warf ihn sofort noch einmal, und zwar so, daß der Rest auf den Boden des Eimers fiel: dort hallte es nicht. Ein Hemd kam an einem Kleiderbügel langsam ins Rutschen, und er konnte es nicht mehr auffangen! Zum Ausgleich glättete er schnell eine zerknüllte Zeichnung des Kindes, stellte ein Paar Stiefel auf, von denen der eine beängstigend über dem andern lag. Und die Tür zur Abstellkammer war einen Spalt offen: er sprang schon hin und drückte sie zu. Er dachte: Später werde ich darüber lachen. – Er ging in den Garten, wo der fächelnde Sommerwind die Bedrückung bald linderte. Da schrie im Haus über ihm jammervoll ein Kind auf, zugleich schlug ruhig die Kirchturmuhr – und wieder wehte ihm der unverwüstliche Schrecken in die Gehörgänge. Es wurde ihm kalt. Er lief ins Haus und rief Beatrice an. »Ich komme gleich zu dir.« – »Wie du willst«, antwortete sie, und wartete dann mit dem Auflegen, fast als sollte er sie fragen: Willst du denn auch? – Aber er war schon rücksichtslos mit Agnes auf dem Weg zur Tür.

Er sperrte alle drei Schlösser von außen ab, drehte den Schlüssel jeweils zweimal um, wie um mit dem Wiederaufschließen, wenn er zurück in die Wohnung müßte, Zeit zu gewinnen. – Auf einer hellgestrichenen Bank, an der Eisenbahnsenke gegenüber, saßen im Schatten einer Platane der Concièrge und seine Frau, die in den Sommermonaten, da die meisten Mieter verreist waren, im Haus wenig zu tun hatten. Sie waren schon recht alt, und der Mann hatte den Arm um seine Frau gelegt, während sie strickte. Ein Wollknäuel lag neben ihr auf der Bank, und zu seinen Füßen stand ein Vogelkäfig, in dem viele Kanaris hüpften. Die beiden werden später angeben können, daß sie mich am späten Vormittag dieses Tages noch hier gesehen haben, dachte Keuschnig unwillkürlich, indem er sie über die Straße hinweg eigens grüßte – als ob er bald Zeugen für sich brauchte. Mit dem Kind zusammen erschien er sich selber auch weniger auffällig. Mit ihr die selige Harmlosigkeit erringen! dachte er plötzlich. – In dem Restaurant an der Ecke waren die Tische schon weiß gedeckt für das Mittagessen, und der Patron ging davor mit seinem Hund auf und ab. Auch ihn grüßte Keuschnig deutlich: er würde im Ernstfall für ihn zeugen. An dem Fenster des Restaurants erblickte er einen handgeschriebenen Zettel, den er gestern abend noch nicht gesehen hatte: »das Haus« nehme keine Schecks mehr an. Er hatte da nie mit Schecks bezahlt und fühlte so zum ersten Mal eine Beziehung zu dem Patron: die eines ehrlichen Kunden; er war jedenfalls nicht einer von denen. Ich brauche Zeugen, dachte er und wollte sofort bei Beatrice sein. Das blinkende, schnell fließende Wasser im Rinnstein wirkte endlich wieder.

Eine Taxifahrt in schöner Unaufmerksamkeit; nichts als das Gefühl, durch die leeren Sommerstraßen zu fahren. Dann gedankenlos mit dem vor Neugier stillen Kind rückwärts in den Aufzug hinein; arglos an dem Klingelgriff ziehen, unbesorgt, ein Gesicht zu machen;

dann mit dem Rücken stammkundenhaft zur sich öffnenden Tür, als könnte man ohnedies niemand anderer sein.

Beatrice sagte: »Ah, du bist es.« Sie war sehr freundlich zu Agnes und führte sie zu ihren beiden Kindern ins Zimmer. Wie um ihr zu zeigen, daß er sich geändert habe, bat er sie, ihm etwas zu trinken zu bringen: er wollte etwas für sich tun lassen! »Du weißt doch, wo die Flaschen sind«, sagte sie. Immer noch beschwingt von dem Fahrgefühl ging er in die Küche und erblickte dort auf dem Tisch die Tasse, aus der Beatrice am Morgen den Tee getrunken hatte. Allein hat sie dagesessen, dachte er und glaubte auf einmal, ihre Bitterkeit zu verstehen. Er ging schnell zu ihr zurück und umarmte sie. Scheinheilig sagte er, daß er sie liebe. Sie schaute ihn erstaunt an und sagte dann: »Geh dich waschen, du siehst so schmutzig aus.« Pfeifend ging er ins Badezimmer und wusch sich das Gesicht. Er würde sich nicht beirren lassen. Aber beim Anblick all der so ordentlich nach oben gedrückten Fußcreme-, Handcreme-, Zahnpastatuben traf ihn die Gewißheit, daß er nun endgültig ausgeschlossen war. Weit, weit weg machten die drei Kinder die Vogelstimmen von draußen nach.

Er setzte sich Beatrice gegenüber. Sie betrachtete ihn lange, doch sie fragte ihn nichts. Gleich würde sie an etwas ganz anderes denken, und es wäre für immer vorbei zwischen ihnen. Plötzlich ging es um alles: noch ein wortloser Augenblick, und er wäre ein zudringlicher Fremder für sie. Schon atmete sie in der Stille tief aus und schaute woandershin ... Sofort versuchte er, ihr etwas zu erzählen, von einem Restaurant unter Maulbeerbäumen an der jugoslawischen Küste ... Sonst hatte sie aus all seinen Erzählungen sofort Projekte für die Zukunft gemacht: »In dieses Restaurant werde ich mit dir einmal gehen; an diese Küste fahren wir das nächste Mal zusammen!« Jetzt schwieg sie nur darauf. Er versuchte es mit gemeinsamen Erinnerungen, doch auch darauf antwortete sie nicht mehr. Zu den alten Neckereien, auf die sie sonst immer gelacht hatte, verzog sie keine Miene. Sie wollte sich nicht an die stillschweigend vereinbarten Spiele halten! Vielleicht bedeutete das aber, daß sie mehr von ihm erwartete? Er setzte sich neben sie. Erst als er kurz an das Kind im Nebenraum dachte, war es selbstverständlich, ihr den Arm um die Schulter zu legen – ohne daß er sie meinte. Während er ihre Brüste streichelte, gelang ihm eine kleine Berührung dann wirklich, und er hatte gleichzeitig die abenteuerliche Vorstellung, in diesem Moment für sich, und nur für sich, einen Ort weitab, tief in Neu-England zu entdecken. Fühlte sie das nicht mit? Ja, sie schaute ihn sehnsüchtig an, aber mit einer Sehnsucht, die allen ihren vergangenen und zukünftigen Geliebten galt, nur nicht ihm. Die Harmonie war vorbei, und beide ruckten voreinander mit den Köpfen.

Lieblos und zugleich voll Angst schlief er mit ihr. Sie verstellte sich nicht, schaute ihn unnachsichtig an, so daß er nicht einmal die Augen schließen konnte. Im Nebenzimmer lachten die Kinder schallend, grundlos, schon seit Minuten. Vergebens versuchte er, an eine andre Frau zu denken; es gab keine mehr. Beatrice hatte schon lange aufgehört, sich mit ihm mitzubewegen – während er sich um so heftiger bewegte. Er war endgültig in der Falle, durchschaut. Sein Hodensack wurde kälter und kälter. Seine Zunge raschelte im weit offenen Mund. Er strich ihr über die welke Haut am Ellbogen und wollte brüllen vor Aussichtslosigkeit. Ein Packen Zeitungen unter seinem Arm begann im Gehen zu rutschen ... Beatrice legte ihm die Hand auf die Schulter und drehte sich unter ihm weg. Sie setzte sich gleich auf und kämmte und toupierte sich schon. Er lag hoffnungslos da, und sie deckte ihn zu, bevor sie hinausging. Ein Fensterflügel schlug, die Stadt rauschte: die Welt schien auf wenige Schreckensgeräusche zusammengezogen, sonst leer. Draußen hatte sich das Furchtbare ereignet, und er war der Betroffene. Warum hörte er die Kinder nicht mehr? Wenigstens eine kleine Erleichterung durch Kinderstimmen!

Er fand Beatrice in der Küche, wo sie über einer Schüssel Erbsen auslöste. Sie sang dabei – und als sie einmal mit dem Lied nicht weiterwußte, hielt sie auch mit dem Auslösen inne, bis ihr der Text wieder einfiel. Sie wußte alles von ihm – und er wußte von ihr nichts mehr. »Ich bin heute so sehnsüchtig«, sagte sie und ging vor ihm auf und ab. Sie sprach so sorgfältig zu ihm wie zu jemandem am Telefon. »Am Morgen habe ich einen Regenbogen gesehen und bin ganz schwach geworden. Ich muß etwas erleben!« Ja, sie hatte recht: mit ihm hatte sie »alles erlebt« – und doch gar nichts, das jetzt zählte. – Er holte Agnes und verließ die singende Beatrice; schlich sich weg. Der Aufzug stand noch in derselben Etage: so wenig Leute waren da im Sommer. Der Steinboden unten im Hausflur war gerade mit Schläuchen bespritzt worden, und Keuschnig roch plötzlich den dunklen Kirchenraum seines Geburtsorts. Es gab in derselben Straße ein von den Führern erwähntes Restaurant – das dann aber geschlossen war – FERMETURE ANNUELLE –, mit von innen geweißten Scheiben, so daß er nicht einmal hineinschauen konnte.

Jetzt hilft nur noch ein Plan, dachte er. Alles, was ich ab jetzt tue, muß ich vorausberechnen, als handle es sich um Geschäfte. UNE NOUVELLE FORMULE war der Slogan für ein Restaurant, in dem ein einziges Einheitsmenu serviert wurde. Bevor im Geschäftsleben etwas stillstand, fand man eine neue Formel: warum nicht auch er für sich selber? Sich neu erfinden! – Er wollte dazu erst einmal geduldig die andern beobachten, weil ihm das, um sich selber neu zusammenzusetzen, notwendig schien.

Er aß mit dem Kind an der Place de Clichy in einem Restaurant, wo es Stoffservietten gab: es tat ihm jetzt gut, sie auseinanderzufalten. (In manchen Restaurants lagen während der Sommermonate, wenn die Gäste fast nur Touristen waren, Papierservietten auf den Tischen.) Er streckte die Beine aus und betrachtete erwartungsvoll die Leute an den anderen Tischen. Die Zukunft schien eine Zeitlang gesichert. Agnes schlürfte laut die Suppe. Als er ihr zu trinken eingoß, hatte er das Gefühl, als ob er sich mit dem Strahl des Getränks ihr ganz zuneige. Sie saß da, für sich allein. Sie brauchte ihn nur, um sich ohne Angst mit sich selber beschäftigen zu können! Beim Geschmack des Weins im Mund bekam Keuschnig Lust, das fremde schöne Land zu finden, in dem auch der Tod nichts Leibhaftiges mehr wäre. Endlich fängt der Tag an, dachte er, und spürte, wie ihm die Augen aufgingen, ohne daß er etwas dazutun mußte.

Am Nebentisch saß ein Paar, das vom Hinsetzen bis zum Aufstehen redete, ohne eine einzige Schrecksekunde dazwischen. Die haben die Formel gefunden, dachte er. Zuerst bewunderte er sie; dann kamen ihm ihre Gesichter auf einmal wie geliftet vor. Jedesmal, wenn der Mann etwas zu Ende erzählt hatte, sagte die Frau, wie um ihn dafür zu belohnen: »Oh, I love you!« Beide hatten Schnupfen und genossen es sehr, mit ihrer tieferen Schnupfenstimme zu sprechen. Einmal, als die Frau den Mann auf die Wange küßte, bohrte er sich nebenbei in der Nase. An einem anderen Tisch wurde gerade ein Kind fotografiert – aber man drückte erst auf den Auslöser, als das Kind auch wirklich ein kindliches Lächeln zeigte. Man sprach zu ihm immer so, daß in jedem Satz das letzte Wort fehlte, und das Kind mußte dieses Wort dann hinzufügen. Auf diese Weise wurde alles, was man zu ihm sagte, als Frage ausgesprochen. »Die Serviette legt man auf die – ?« – »Knie«, antwortete das Kind. – »Die Seine fließt ins – ?« – »Meer«, antwortete das Kind. – »Bravo!« sagten darauf die andern. Zwei alleinessende Männer unterhielten sich folgend: »Ich habe im Moment eine Erfolgsserie«, sagte der eine – »Seit drei Wochen habe ich etwas Nettes«, der zweite. An einem andern Tisch stand der Patron und erzählte einen Witz. Als er wegging, redeten die Gäste viel leiser. An einem Tisch saß ein dicker Mann allein, den alle Ober mit Handschlag begrüßten. Beim Ausfüllen des Schecks holte er vorher weit mit dem Arm aus, so daß sein Jackenärmel zurückrutschte. Bei den verschiedenen Unterschriften kam ihm die Zunge aus dem Mund, und er schaute um sich, wo er noch unterschreiben könnte. Ein anderes Paar sprach über Poesie. Der Mann hielt oft mitten im Satz lange inne – als ob er nachdächte: dann sprach er wie erwartet weiter. Als er vom Nachbartisch um ein Salzfaß gebeten wurde, zuckte er zusammen, als hätte man ihn bei einer Träumerei unterbrochen. »Ich war schon immer ein Gefühlsmensch!« sagte er zu der Frau. Jemand andrer las eine Stunde lang den FRANCE SOIR, eine einzige Seite, ohne einmal umzublättern – den je nach den Leserwünschen Tag für Tag geschriebenen Fortsetzungsroman, und auf der umgeschlagenen Rückseite war eine Meinungsumfrage veröffentlicht, derzufolge im laufenden Monat mehr Franzosen mit ihrem Leben zufrieden waren als nach der Umfrage des letzten Monats. Die Frau an der Kasse war über ein Blatt Papier gebeugt, so aufmerksam, wie man nur Rechnungen überprüfen kann. Ein schwarzgekleideter Ober drehte in der Küche einem weißgekleideten das Ohr um. Ein schöner Mann kam von der Straße hereingeschlendert, mit leicht geöffneten Lippen, als würde er alle Sprachen der Welt beherrschen: eine Augenbraue gehoben, die Haare aus den Nasenlöchern gezupft, sich die Unterlippe beißend; und eine nicht ganz so schöne Frau folgte ihm, mit einem starren, vorsichtigen Gesicht, um ihre nicht ganz so große Schönheit zu behalten. Wie schamlos sie sich betrachten ließen – als sei ohnedies schon alles über sie gesagt, und sie hätten nichts mehr zu fürchten. Sie haben ausgesorgt, dachte Keuschnig. Ihnen gegenüber, die ihm doch so ähnlich waren, konnte er sich nicht mehr vorstellen, etwas anderes sein zu wollen als tot.

Das Essen wurde ihm trocken. Er schob den Teller weg und schaute Agnes an, die gerade Weißbrot in die Sauce tunkte. So über den Tisch gebeugt und mit nichts als dem Essen beschäftigt, lächelte sie. Die alltäglichsten Begebenheiten bringen sie zum Lächeln, dachte er. Er sehnte sich in diesem Augenblick nicht nach einem derartigen Zustand; freute sich nur bei dem Gedanken, daß sie vielleicht nie einen solchen Abscheu, einen solchen Haß, ein solches Grausen nötig haben würde wie er.

Wie hatte er sich eingebildet, sich gerade in einem Restaurant sicher zu fühlen? Es gab keinen Ort mehr, an dem er aus der Welt sein konnte; in seiner Lage galt nichts Bewährtes mehr. Je länger er die andern betrachtete, desto phantasieloser wurde er. Sie alle traten mit ihm in einem Film auf, dessen Geschichte man schon bei dem ersten Bild vorauswußte. (Auch der Ober hatte im voraus gewußt, was er bestellen wollte; deswegen hatte er sofort etwas anderes bestellt.) Vielleicht hatte er sie von Anfang an falsch beobachtet, am falschen Platz, mit der falschen Einstellung – jedenfalls, wie er seine Wahrnehmungen auch zusammensetzte, ordneten sie sich, unabhängig von ihm, zu ihrem althergebrachten, gepflegten Unsinn. Diese Hochstapelei der Serviette auf den Knien! Die Parfums der Frauen bedeuteten Erinnerungen, die er nicht haben wollte, und die Pommes frites, die er vorhin noch in Gedanken »Gute alte Pommes frites!« genannt hatte, machten nur Kopfweh. Vor langer Zeit hatte sich Keuschnig andre, die ihm zuwider waren, schlafend vorgestellt, damit sie ihm lieber würden: jetzt blieben sie ihm ekelhaft, auch wenn er sie sich mit angezogenen Knien in einem seligen Schlaf dachte. Und die »schönen Anblicke«, auf die er so angewiesen zu sein glaubte – das Kind zum Beispiel in dem zu großen Kleid, und dabei die eigenartig zuversichtliche Vorstellung, die GEWISSHEIT, daß es HINEINWACHSEN würde –, dauerten immer kürzer; wirkten vor allem nicht mehr nach! Die Frau, die draußen an der offenen Tür vorbeiging, konnte ihm gut zulächeln – sie waren ja in Sicherheit voreinander. Die Frau drinnen im Restaurant dagegen, an einem Tisch allein, hatte ihn angeschaut und bei seinem Anblick sofort den halboffenen Mund zusammengekniffen, abgestoßen von seinem unbeherrschten Gesicht. Nicht einmal umsetzen wollte sie sich seitdem, als fürchtete sie, er könnte eine auch noch so kleine Bewegung als eine Art Einverständnis mit ihm mißdeuten, oder gar als sexuelle Aufforderung. Dabei hatte sie, bevor sie ihn anblickte, mit einer roten Nase still vor sich hingeweint. – Du bist langweilig, wollte er ihr sagen, langweilig wie die Welt. Einen Tagtraum brauchte er, oder er würde gleich einen Tierlaut ausstoßen: doch zu einem Gedankenspiel, dachte er, müßte ich von denen da wegschauen können. Er schaute zwar weg, aber bloß reflexhaft – wenn zum Beispiel einem ein Messer herunterfiel ... Wie sie das durchhalten! dachte er: und dann noch so lässig auf die Straße hinaus gehen, mit nach außen gekehrten Handflächen, während doch das einzig Verbindende zwischen uns ist, daß uns im Lauf des Essens mehr und mehr Schuppen auf die Rockkragen fielen. – Es war erst früher Nachmittag, und schon wieder schien alles hoffnungslos.

Ein halbnackter Betrunkener brüllte draußen auf dem Platz, und bei seinem Anblick ergab sich ein schmunzelndes Einverständnis zwischen ihnen drinnen, die angezogen und halbwegs nüchtern waren. Ein paar fingen von Tisch zu Tisch miteinander zu reden an, auch zu ihm. Er schaute an sich herunter. Das ist ihre Art von Solidarität, dachte er – und hatte diese doch auch gerade gespürt, erst als ein trügerisches Wiederaufgenommenwerden nach einem entkräfteten schweren Verdacht, dann als letzten Zusammengehörigkeitsmoment vor der unabsehbar drohenden Vereinzelung. Die Arglosigkeit des Kindes, das, während alle einander anschmunzelten, über das Geschrei nur erschrocken war! Zum ersten Mal freute er sich, mit ihr allein zu sein.

6

Nördlich der Place de Clichy, wenn man auf der erhöhten Rue de Caulaincourt den Friedhof von Montmartre überquert hat und dann in der etwas ruhigeren Rue de Maistre weitergeht, kommt man zu einem staubigen, graslosen Park mit einem Kinderspielplatz in einer Ecke. Keuschnig hatte vor einigen Jahren in der Gegend gewohnt und manchmal an Sonntagvormittagen das Kind, das damals gerade erst stehen konnte, in den Sandkasten gesetzt. Da es von der Place de Clichy nicht weit dahin war, ging er jetzt, auf einem zusätzlichen Umweg über die Avenue St. Ouen, wieder dorthin. Er sah nur noch wenige Zeichen unterwegs, und auch die schienen ihn eher zu necken: ein einzelner Stiefel in einem auf der Straße stehengelassenen Supermarktwagen; ein Autobusfahrschein, der ihm zu Boden fiel und jedesmal, wenn er sich gerade danach bückte, weiterschlitterte ... Wie vor Jahren sah er den Bettler, der in Vogelstimmen zwitscherte, genau an der Ecke stehen, wo die angeleinten Hunde die sie ausführenden Frauen hinzerrten, so daß diese nicht anders konnten, als dem Bettelnden eine Münze zuzustecken, um so die Demütigung, daß die Hunde neben einen Menschen hinpißten, wiedergutzumachen ... Keuschnig fühlte sich wohl, mit dem Kind, das ab und zu aufhüpfte, langsam auf der hellen, heißen Straße zu gehen. Er hatte sich nicht in ein Kino setzen wollen, weil nach den Aushängefotos an der Place de Clichy die Filme dort nur in Innenräumen zu spielen schienen. Wie viele Automaten hier immer noch kaputt sind, dachte er im Vorbeigehen, fast belustigt: Waschautomaten, Briefmarkenautomaten, und jetzt der Fotokopierautomat vor der Papierhandlung, auf dem auch damals schon En panne stand. Es war so heiß, daß die vor einer Bäckerei aufgestellten Zellophanbeutel mit den Pfannkuchen von innen bedunstet wurden. Ein dünner knochiger Mann überholte Keuschnig. Er war der einzige von allen unterwegs, der es noch eilig zu haben schien; seine Schulterblätter ruckten großmächtig unter der enggeschnittenen Sommerjacke. Hier und da auf den Häusersockeln, wie schon gewöhnt an so wenig Platz, saßen nordafrikanische Arbeiter und warteten auf das Ende der Mittagspause. Ein sehr blasses Verkaufsmädchen, das Namensschildchen oben am Schürzenkragen, trat mit geschlossenen Augen aus einer Konditorei in die Sonne hinaus und legte seufzend den Kopf in den Nacken. Ein anderes Mädchen ging mit einer Tasse Kaffee in der Hand ganz langsam über die Straße, Schritt für Schritt, um nichts zu verschütten. Keuschnig blieb stehen, Agnes mit ihm, ohne daß er ihr etwas sagte – so überwältigend warm war es, nichts als warm. Jetzt zitterte die Straße von der Métro, die unhörbar darunter vorbeifuhr, und während Keuschnig mitgerüttelt wurde, spürte er: Das ist es! Das ist es jetzt doch! – wie ein Erlebnis, das er schon nicht mehr erwartet hatte.

Sie gingen in einer vorzeitlichen Wärme, wo weit und breit keine Gefahr mehr war, wie das Mädchen mit der Tasse Schritt für Schritt, aber nicht aus Notwendigkeit, sondern aus Vergnügen. Keuschnig brauchte sich nicht dem gedankenlos langsamen Gang des Kindes anzupassen wie früher, ging von selber jetzt so, und der Sommerwind, in dem nur hin und wieder ein Zweig knackte, erschien ihm als eine Erfüllung – die doch verheißungsvoll blieb. Ein Flugzeug flog ziemlich hoch oben vorbei, und es veränderte sich für einen ganz kurzen Augenblick das Licht, als hätte sich der Schatten des Flugzeugs sekundenschnell durch die Straße bewegt. Er wollte weit entfernte Bäume, die in der Sonne leuchteten, anschreien, so zu bleiben! Warum sprach niemand ihn an?

In einer Seitenstraße sah Keuschnig jetzt das Haus, in dem er vor einigen Jahren gewohnt hatte, mit dem Ahornbaum davor, der gerade bis zu den Fenstern seiner ehemaligen Wohnung reichte, und augenblicklich packten ihn heftige Bitterkeit über all die vertane Zeit seither und Enttäuschung über sich selber. Nichts hatte er erlebt inzwischen, nichts unternommen. Alles in unverändertem Durcheinander, und der Tod, vor dem er damals noch sicher gewesen war, war um so vieles nähergerückt. Ich muß etwas tun, dachte er verzweifelt, und kaum hatte er das gedacht, sagte er zuversichtlich zu dem Kind: »Ich werde zu arbeiten anfangen. Ich werde etwas erfinden. Ich brauche eine Arbeit, in der ich etwas erfinden kann!« Agnes, die nichts als seine Stimme gehört hatte, antwortete mit einem sorglosen Hüpfschritt, und er fühlte seit langem erstmals wieder Freundschaftlichkeit zu ihr statt der zerstreuten Gleichgültigkeit und ängstlichen Liebe.

Er hatte Lust, dann auf dem Spielplatz zu lesen, und kaufte in einer Buchhandlung ein Taschenbuch mit Erzählungen von Henry James. Wieder, wie an dem Morgen, »als alles begonnen hatte«, sah er an einer Hauswand eine Marmorplatte zum Andenken an einen Widerstandskämpfer, der an dieser Stelle von den Deutschen erschossen worden war, einen verwelkten Farnzweig darunter, und er erzählte dem Kind, was da vor dreißig Jahren geschehen war. Als der Mann mit dem Vornamen »Jacques« getötet wurde, war es auch gerade Ende Juli gewesen, wie jetzt. Und wie vor drei Jahren war der Square Carpeaux jetzt staubig, und doch wie noch nie. – Keuschnig war zumute, als sei er ganz nahe daran, die Einzelheit zu entdecken, die auch alles übrige zusammenrücken ließe.

Das Kind wenigstens schien sich zu verändern. Noch vor ein paar Tagen, auf einer Métrotreppe, war sie hinuntergestiegen, indem sie stockend immer den einen Fuß dem andern nachzog; jetzt ging sie selbstverständlich die Stufen zu dem Spielplatz hinab, in einer einzigen Bewegungsabfolge, einmal den rechten Fuß vorn, dann den linken. Sie stand zuerst nur am

Rand der Spielfläche und schaute zu. Die Straßen waren fast leer gewesen, aber hier auf dem Platz drängten sich auf einmal Kinder und Erwachsene dicht zusammen; die Erwachsenen in der Regel alte Französinnen und junge Ausländerinnen. Keuschnig setzte sich auf eine Bank und berührte die versunken dastehende Agnes sacht mit dem Fuß, und ohne sich nach ihm umzuschauen, lächelte sie, als hätte sie auf diese Berührung gewartet. In ihrem Fürsichsein strahlte sie von einem Stolz, so objektiv, daß er auch auf ihn überging. Mit ihr wahrnehmen! Das vertrieb erst einmal die Abgeschmacktheit und den Überdruß. Mit welcher Besserwisserei käme er dazu, die müden, unzufriedenen Frauen zu verachten, die schreiende und zwischendurch doch wieder einmal selbstvergessen hoppelnde Kinder hinter sich herschleiften und dann auch schlugen? Eine von ihnen, die vor einem zappelnden, kreischenden Kind gerade verstohlen mit dem Arm ausholte, merkte dabei, daß Keuschnig sie anschaute, und plötzlich wurde ihr Blick frei, hoffnungslos und zornig zugleich, als betrachtete sie jemand Gleichgesinnter, vor dem sie sich nicht zu verstecken brauchte.

Wie viel es auf diese Weise zu sehen gab, ohne daß ein Ekel es als das Altbekannte abtat! Die hohen, hohen Eschen und der dunkle, dunkle Square . . . So wenig Sonne kam durch, daß vor allem die jüngeren Frauen mit ihren Stühlen immer wieder den paar sonnigen

Stellen nachrückten. Ab und zu stand eine auf und warf vor einem Kind lockend eine Plastikschaufel in den Sand – welche das Kind dann kaum beachtete. Oder das viele schnell verstreute Spielzeug wurde sogleich neu um das Kind zusammengescharrt ... Den Widerspenstigen drohte man, indem man von weitem nur in die Hände klatschte. Dann flogen die Tauben auf, die sonst im Sand zwischen den Kindern herumstiegen. Während eine Frau nach ihrem Kind ausschaute, von dem sie gerufen worden war, weil es sich gerade vom Gestänge fallen lassen wollte, schaukelte sie mit der linken Hand den Kinderwagen mit einem Säugling darin und hielt sich mit der rechten den schon wieder gewölbten Bauch. Er schaute einer andern zu, wie sie die Maschen an ihrer Stricknadel zählte, und einer andern, wie sie einem weinenden Kind den Sand aus den Augen blies. Viele fremde Namen wurden gerufen. TIZIANA! FELICITAS! PRUDENZIA! ... Trostlosigkeit und Verlassenheit senkten sich nieder, wie eine letztmögliche Harmonie, auf den staubverschleierten, von Menschen wimmelnden Square, auf die Frauen mit den Plastiktüten neben sich, auf den dösenden und doch immer zum Einschreiten bereiten Parkwächter in seinem achteckigen Aufsichtshäuschen, auf die Kinder, die mit den Fersen auf das Blech trommelten, bevor sie die quietschenden Bahnen hinunterrutschten, während die nächsten schon ungeduldig unten an der Leiter hüpften, auf dieses sich wiederholende, nur noch ruckhafte Hin und Her, in dem nichts sich begab – Sand und

Staub verstopften auch die Rillen der Abflußgitter –, und wo es nach Seife roch und unaufhörlich toste von dem hohen Gekreisch der Kinder, den Rufen der Frauen, der Trillerpfeife des Parkwächters und dem Schrillen der Rollschuhe auf der Betonrollschuhbahn.

Nach dem langen Schauen schmerzte das Ausatmen richtig. Das Kind fiel plötzlich schwer gegen ihn, daß er fast mitfiel, und weinte mit weichgewordenen Wangen über etwas herzzerreißend Unbegreifliches – das aber nur ein bibbernder Zwergpinscher war, der gerade in einer Tasche vorbeigetragen wurde; weswegen »man doch nicht weinte«, sagte er. Wo die Tränen stockten, brach sich das Licht auf der Wange und machte die Haut heller ... Ein Schmetterling flatterte an seinen Fingerspitzen und wollte nicht weg, als klammerte er sich gerade deshalb so an ihn, damit er ihn nicht totschlüge. Er sah eine alte schwarzgekleidete Portugiesin mit einer Strickweste über dem Arm. Ein weißer Unterrock hing ihr an einer Stelle unter dem Kleid hervor. Abwesend, kümmerte sie sich doch um alles, und nichts schien außerhalb ihrer Reichweite. Wie ungerührt sie sich aufführte, mit der Anmut einer Idiotin, und wie behütet das zu ihr gehörige Kind sich förmlich UNTER ihr bewegte! Dann lächelte sie, über den Wunsch, den ein fremdes Kind neben ihr an seine Mutter richtete, aber auch dabei nicht etwa gerührt, sondern in einer friedlichen, vielleicht – denn dem Kind wurde der Wunsch sofort erfüllt – dem, was sie da sah, entgegengesetzten, jedenfalls völlig neidlosen Erinnerung. Keuschnig dachte beim Anblick der Strickweste und des hervorhängenden Unterrocks an seine kleinbäuerliche Umgebung: wie man da, in der Regel, die eigenen Angehörigen mitsamt ihren Eigenarten sehr mochte, sich vor allen Nichtverwandten dagegen mit den gleichen Eigenheiten dagegen genauso sehr ekelte, und daß er selber nie anders gewesen war!

Er saß lange auf dem Square, einer unter andern, ohne Zukunftsgedanken. Er erwartete nichts, hatte nur einmal die Vorstellung, daß mit einem Schlag alle fremd aussehen und herzzerreißend zu schluchzen anfangen, sich aber gleichzeitig dafür schon entschuldigen würden: sie hätten die letzte Nacht nicht geschlafen, sie vertrügen die Sonne nicht, sie hätten einen nüchternen Magen. Wer sollte ihnen da sagen, daß sie sich doch nicht zu schämen brauchten? – Dann wieder schaute er einmal von sich selber auf und konnte nicht begreifen, daß inzwischen nicht alles anders geworden war. – Endlich auch sprach die besänftigte Agnes zu ihm, als ob sie ihm vertraute. Sie erzählte etwas von sich, und er merkte, wieviele GEHEIMNISSE sie schon hatte. Sie hat Geheimnisse! dachte er, mit einem starken Glücksgefühl. Freundschaftlich gebrauchte sie plötzlich Ausdrücke, die sonst nur er verwendete. Und in allem, in Wolken, in den Baumschatten, in Wasserlachen, sah sie GESTALTEN – die er schon längst nicht mehr wahrnahm . . .

Während sie dann unter den anderen Kindern lief, las er zufrieden die so häufigen Beschreibungen von Kleidern in den Erzählungen von Henry James. Endlich etwas, das keine Zeitung war. »Sie trug ein Kleid aus weißem Musselin, mit hundert Falten und Rüschen und mit geknoteten Bändern von blaßblauer Farbe. Sie war barhäuptig, aber sie schwenkte in der Hand einen großen Sonnenschirm mit einem breiten gestickten Saum: und sie war erstaunlich, bewundernswert schön . . .« Im Lesen und immer Weiterlesen freute er sich darauf, sich später, seit langem wieder einmal, etwas zu kaufen. Er stellte sich vor, wie er in einem neuen hellen Sommeranzug über einen Platz ging. Mit all dem Neuen, das ihm zustieß, und dem Alten, das er nicht vergessen durfte!, würde er eine unerhörte Geschichte erleben.

Als Keuschnig aufschaute, war das Kind nicht mehr da. Und die andern Kinder spielten so ungestört, als sei Agnes schon lange weg und man hätte inzwischen die neue Spielordnung, ohne sie, gefunden. Er sprang auf, setzte sich aber sofort wieder, las sogar einige Zeilen in dem Buch, und zwar, ohne ein Wort auslassen zu können. Sich das Gesicht übermalen, sofort! Und alle Haare abschneiden! Die Bäume rauschten auf, und jetzt erlebte er jenen Moment mitten im Sommer, wenn es einem plötzlich vor dem finstersten, kältesten Winter graust. Er hielt den Atem an und versuchte an nichts zu denken, wie um etwas noch aufzuhalten. Panisch wollte er sich auf das Kommende vorbereiten. Eine Frau schaute ihn an, als wüßte sie etwas, was er noch nicht wußte. Wer würde es ihm als erster sagen? Das weibliche Gekreisch hinter ihm war kein Lachen, sondern eine gejaulte Katastrophennachricht. Was für ein Getändel und Getrödel war das bis dahin gewesen! Jetzt erst wurde alles ernst. In diesem Augenblick, als sei das Menschenmögliche schon getan, beschloß Keuschnig, nicht mehr weiterzuleben.

7

Er suchte zwar den ganzen Platz ab, blickte in die anfahrenden Autos, aber das war nur noch eine Formsache. Das nicht Ausdenkbare war um so fürchterlicher wirklich. Er wollte sofort wahnsinnig werden, als sei das die letzte Rettung. Nur im Wahnsinn wäre alles rückgängig zu machen, und DIE TOTEN WÜRDEN WIEDER LEBENDIG WERDEN! Man könnte für immer mit ihnen zusammen sein, ohne Todesgedanken ... Doch statt daß es ihm gelang, sich in einen Wahnsinnigen zu verwandeln, stellte er es sich nur ohnmächtig vor. Er blieb gräßlich wach. Seine Hände tasteten selbsttätig, mit einem unbekannten Genuß, überall im Gesicht die Knochen ab. Er nannte dem Parkwächter ruhig und besonnen, wie dieser später sagen würde, seine Adressen, sagte, er wolle die Polizei verständigen, und machte sich auf den Weg quer durch die Stadt nach Osten.

Im Bewußtsein des Todes fühlte Keuschnig mit denen, die ihm begegneten, und seine lange Gleichgültigkeit wurde zu einer süßen Teilnahme. Die in den Autos fuhren – welche Mühsal mußte es für sie sein, immer und immer noch unterwegs zu sein, eingeschlossen in diese Blechbehältnisse sich von einem Ort zum andern zu quälen, welche Mühsal für sie, überhaupt weiterzuexistieren! Wie hoffnungslos die Luftdruckbremsen der Lastwagen durch alle Straßen heulten! Für einen kleinen Moment erschien ihm die Politik, weltweit als Kommunalpolitik betrieben und nicht nur als geschäftiges, gewalttätiges Vertuschen der Sinnlosigkeit, als etwas Vorstellbares, der Mühe Wertes. Er wurde offen für jede Einzelheit, sah andrerseits nichts mehr vom andern abgetrennt. Eine Frau als Taxifahrerin, die eine Frau chauffierte; ein Junge, der mit einer Spielzeugmaschinenpistole in der Hand heulend hinter der Mutter herlief ... Er fühlte, daß er mächtig geworden war. Er könnte mit allen reden und ihnen Glück bringen. Einmal machte er im Vorbeigehen einen Mann darauf aufmerksam, daß sich sein Schuhband gelöst hätte, und der Mann bedankte sich, ohne überrascht zu sein. Er sah jemanden mit einem Texashut und fragte ihn, woher er sei, als würde er ihm damit etwas Gutes tun. Er fand nichts mehr lächerlich. Beim Anblick einer Frau mit einem roten Kopftuch, die die Treppe zu einem Bahnhof hinaufstieg, verstand er nicht, wie er jemals an sich selber hatte denken können. Ein heftiges Bedauern ergriff ihn darüber, daß er nun sterben sollte, und er wich vorsichtig jedem Auto aus, um nicht überfahren zu werden.

Von seinem Körper spürte er nichts. Er bewegte sich schwerelos durch die andern, die sich dahinschleppten. Es tat ihm leid, für die andern!, daß er nicht ein klein bißchen Zahnschmerzen hatte. An einer Bushaltestelle saß mit gesenktem Kopf, die Hände im

Schoß, ein Mann, als ob er hier auf seine Verfolger wartete. Er müßte ihn nur antippen, und er würde ihm alles erzählen. Er setzte sich auch wirklich kurz neben den Mann und fragte ihn, was er arbeite, aber der schaute zurück, wie wenn eine solche Frage ihn erniedrige!

An einem jener kleinen Brunnen, die es überall in der Stadt gab, wusch er sich in dem klaren, unhörbaren Strahl das Gesicht, als hätte er es tatsächlich vorhin angemalt. Wie warm das Wasser herausfloß an diesem warmen Tag! Je näher Keuschnig den Hügeln von Chaumont im östlichen Paris kam, desto üppiger erschien ihm die Stadt. Er sah ein Mädchen, das an einem Motorrad mit der Ferse die Stütze zurückstieß und dann losfuhr; eine große Negerin, die eine gefüllte Plastiktragetasche auf dem Kopf trug; einen Traktor, der, Heu hinter sich verstreuend, mitten durch die Stadt fuhr; ein Bäckereimädchen, das wie schon seit jeher mit einem Korb voll langen Broten von einem Café ins andre ging; einen dicken Mann mit Hosenträgern auf einer Bank; weit weg für einige Augenblicke die vergoldeten Zaunspitzen eines Parks ... Er konnte mit seinem Blick alles umfassen. Eine Frau, die, ihre Handtasche unter das Kinn geklemmt, Einkäufe zwischen die Knie, eine Haustür aufschloß und dann mit dem Fuß aufstieß, nahm er wahr wie stellvertretend für Momente eines möglichen Lebens, das ihm im nachhinein noch verraten wurde. Er sah die glitzernden Metallplättchen an den Fußgängerüberwegen, die Baumkronen, die sich in sich selber bewegten, als wollten sie sich fortwährend in etwas anderes verwandeln, hörte einen Taubenschwarm im Gegenflug wie ein leises Gekicher, aus einem Kino nach Schüssen und Geschrei die Endgeräusche eines Films – sanfte Musik und darin die still freundschaftlichen Stimmen eines Mannes und einer Frau –, roch das frischgebeizte Schuhwerk aus einem offenen Schusterladen, sah die dicken Haarbüschel auf dem Boden eines Friseurgeschäfts, den Schöpflöffel in der schmutzigen Brühe an einem Eisautomaten, eine Katze ohne Schwanz, die aus einem Hausflur sofort unter ein stehendes Auto lief und dort hockenblieb, hörte das Sausen der Wurstschneidemaschine aus einer Pferdefleischerei und aus allen Stockwerken eines fast fertiggestellten Neubaus die Mörtelbrocken krachen, sah die Patronin eines Restaurants, die mit einem Blumenstrauß in der Hand die Restauranttür aufschloß, um schon den Abend vorzubereiten, und sagte laut: »Was es alles gibt!« Die ersten Weintrauben des Jahres, darauf die ersten Wespen; in einer Holzkiste die ersten Haselnüsse, noch in den krausenartigen Fruchtblättern; auf den Gehsteigen die Umrisse der ersten herabgefallenen und dann wieder weggewehten Baumblätter... Die Märkte waren so viel kleiner geworden den Sommer über. Die Kleiderständer in den Cafés, alle leer! Die Postgebäude wurden neugestrichen, die Gehsteige aufgegraben, um neue Telefonleitungen zu verlegen, und die Arbeiter unten in den Schächten schmunzelten über ein Kind, das wacklig auf Plastikrollschuhen stand. In einem Kino spielte ein Zeichentrickfilm mit Popeye, dem Seemann, der nur eine Dose Spinat zu schlucken brauchte, um sich gegen die ganze Welt zu behaupten. Wie zimperlich er sich vorkam, wie unverschämt! Er mußte etwas übersehen, etwas versäumt haben, das nicht nachzuholen war. Er blieb stehen und suchte in allen Taschen. Eine Frau könnte nicht so stehenbleiben, mitten auf dem Gehsteig, dachte er. Endlich fühlte er sich unbeobachtet. Fast zufrieden roch er den eigenen Schweiß. Das unaufhörliche Brausen der Autos tat seinem Kopf gut, und er stieß einen Tierlaut aus. Weil niemand mehr zum Lieben da ist, brauche ich auch keine Todeszeichen mehr zu sehen! dachte er. Jemandem fiel ein Schlüsselbund zu Boden. Dann rutschte eine elegante Frau aus und stürzte auf den Hintern; aber er schaute nicht weg wie sonst immer, beobachtete die Frau, wie sie beschämt lächelnd aufstand. Er ging mit den Händen auf dem Rücken, wie ein untätiger Oberkellner. Die Kräne schwenkten vor den ziehenden Wolken, und er bewegte sich unter ihnen mit der Ruhe der Ewigkeit.

Keuschnig wollte nichts mehr für sich. Die gewohnten Anblicke flimmerten vor seinen Augen, als seien sie Erscheinungen – und zwar natürliche –, und jede einzelne davon zeigte ihm eine Fülle, die unerschöpflich war. Er, der nicht mehr zählte, war in die andern gefahren, die in selbstverlorener Energie kreuz und quer gingen, und er glaubte, sie müßten den Schritt wechseln bei dem Ruck, mit dem er das für ihn nutzlose Glück auf sie übertrug. Er lebte noch irgendwie – mit ihnen. Dieser Zustand war keine Laune, keine Augenblicksstimmung mehr, die gleich wieder aufhörte, sondern eine, auch aus all den flüchtigen Augenblicksstimmungen!, gewonnene Überzeugung, mit der man arbeiten konnte. Jetzt erschien ihm die Idee, die ihm gekommen war beim Anblick der drei Dinge im Sand des Carré Marigny, anwendbar. Indem ihm die Welt geheimnisvoll wurde, öffnete sie sich und konnte zurückerobert werden. Als er in der Nähe der Gare de l'Est über eine Brücke ging, sah er darunter, neben den Eisenbahngleisen, einen alten schwarzen Schirm liegen: er war kein Hinweis auf etwas andres mehr, sondern eine Sache für sich, für sich schön oder häßlich, und häßlich und schön gemeinsam mit allem anderen. Wohin er auch blickte, gab es etwas zu sehen, wie in den Träumen vom Geldfinden, wo es bei jedem Bücken von neuem blinkt. Weit auseinanderliegende Einzelheiten, ein von Eidotter gelber Löffel auf der Straße, die Schwalben hoch oben, vibrierten in einer Zusammengehörigkeit, für die er jetzt keine Erinnerung und keinen Traum mehr brauchte: ein Gefühl, daß man von jedem Punkt aus zu Fuß nach Hause gehen konnte.

Die Sonne stand schon so schräg, daß die Autos formlos dunkel über die blendend hellen Boulevards rollten. Jemand ging hinter ihm, mit den gleichen Schritten, ohne ihn zu überholen oder zurückzubleiben, doch er schaute sich nicht um. Vor einem Kino standen Leute in einer Reihe, die den Film BEN HUR sehen wollten. Wie lang war es her, daß er selber den Film gesehen hatte – wie oft war er inzwischen überall gezeigt worden –, und noch immer, schon wieder! gab es welche, die den Film zum ersten Mal sahen, ganz andre als er, und im Moment doch dieselben. Viele kamen ihm entgegen mit Kleiderpaketen unter dem Arm, weil Ende Juli die meisten Reinigungsgeschäfte schlossen, und andre gingen mit zusammengefalteten Luftmatratzen in ihren Korbtaschen von einem Schwimmbad nach Hause. Er setzte sich auf die Terrasse eines Cafés, an dessen Markise ein Tuch geheftet war mit der Aufschrift CHANGEMENT DE DIRECTION: TOUT EST BON. Auf der Straße glänzten ein paar Meter lang verlassene alte Straßenbahnschienen, die noch nicht ganz eingeteert waren. An dem Neubau gegenüber war noch ein Appartement verkäuflich. Unter den Caféhausstühlen bellten einander zwei Hunde an. Ein sehr alter Mann warf einen Luftpostbrief in einen Briefkasten und schmunzelte nachher . . .

Unruhig wurde Keuschnig nur, wenn er manchmal eine Frau vorbeigehen sah. Die Linien der Waden, der Kniekehlen, der Schenkel und die schimmernden

Brustansätze ließen ihn so sehnsüchtig werden, daß er fühlte, wie sein Gesicht ganz streng wurde! Einmal, als eine Frau hinter der Milchglasscheibe einer Bushaltestelle vorbeiging und dort nur noch ein Umriß war, wünschte er, daß sie immer hinter dem Milchglas weitergehe. Ein Schmerz erfaßte ihn, eine Wut, daß sie nicht alle für ihn bestimmt waren, daß er diese Vorbeigehenden nicht mehr wiedersehen würde, und er ahnte, welchen Sinn diese Frauen für ihn hätten bedeuten können. Wie unzufrieden war er noch immer, wenn er einmal eins der Gesichter nicht richtig sah – als ob er dabei etwas Entscheidendes versäume.

Dann wurden schon die Sonnenschirme zusammengefaltet, und sie drehten sich in ihren Untersätzen, weil es windiger wurde. Das Lächeln des Obers über das Trinkgeld nahm Keuschnig jetzt ganz ernst. Er war den andern dankbar, die neben ihm sitzenblieben und ihn nicht beachteten. Lange sah er dem Wasser zu, das zu seinen Füßen schäumend aus einem Hydranten in den Rinnstein strömte. Als er in einer liegengebliebenen Zeitung den Satz bemerkte, einem Sänger sei »ein strahlendes C-Dur« geglückt, schrie er fast vor Anteilnahme. Er wollte überall auf dem Tisch seine Fingerabdrücke hinterlassen. Jemand neben ihm, der ein Buch las, nahm plötzlich die Brille ab, und er hatte auf einmal Angst, der andre könnte weggehen – aber der streckte nur mit einem Ruck das Buch von sich und las weiter: welche Erleichterung, welcher Friede …

Keuschnig schaute um sich, ob sich nicht doch noch etwas ergeben würde, ein anderer Denkanfang, eine Möglichkeit. In dem Keller unter dem Café wurde schon die längste Zeit Ping-Pong gespielt, und er hörte voll Ekel das regelmäßige Klacken. Endlich fiel der Ball woandershin ... Gedankenlos, ohne Angst, ging er weg und stieg die steilen Pfade der Buttes-Chaumont hinauf.

Er kam an einer roten Säule vorbei, mit der man im Notfall die Polizei herbeirufen konnte. Diese tiefrote Säule war wie ein handfester Trost in einer schmerzhaft sich dehnenden Ödnis, und er merkte sich sinnlos die Stelle. Jemand LIEF hinter ihm, aber nein, er lief nicht seinetwegen; jemand PFIFF, warum nicht nach ihm?! Kleine Unregelmäßigkeiten außerhalb empfand er jetzt im eigenen Körper: zuckte zusammen unter einer Kartoffel, die einer Frau aus dem Zeitungspapier rollte; krümmte sich weg, als ein Kind weit unten mit einem Fahrrad durch eine Pfütze fuhr.

Es wurde ihm wieder kalt. Am Rand des Parks bewegte sich hinter Gebüschen blaue Wäsche und erinnerte ihn rätselhaft an seinen Geburtsort, nicht an ein besonderes Ereignis, sondern eine lange, tödliche Ereignislosigkeit. Als sei das die Möglichkeit, versuchte er sich zu öffnen für andre Erinnerungsbilder. Aber nichts mehr geschah. Er befand sich nur plötzlich vor dem Eingang einer Untergrundstation im winterlichen Stockholm ...

Vielleicht neue Gesten und Mienen machen als Ausweg? Zum Beispiel den Kopf hin und herwiegen mit vorgeschobenen Lippen und sich dabei mit der Hand Luft zufächern, wie die Franzosen hier? Keine Späße mehr ... Er stand inzwischen oben auf einem künstlichen Felsen, von wo er im Westen Paris in der gelben Abendsonne sah. Einen kleinen Tagtraum, der vielleicht die Rettung wäre! Er tastete sich ab, ob er den Paß dabeihätte. Jetzt konnte ihn nur noch jemand von einem andern System zurückhalten. Neben ihm küßte eine runzlige Frau mit Haaren am Kinn wie zum Abschied einen jüngeren Mann schnalzend auf die Lippen und ging weg. Keuschnig wartete, seltsam neugierig, bis sich der Beküßte den fremden Speichel abgewischt hätte. Doch der Mann schaute nur bewegungslos auf die Stadt hinunter; entfernte sich dann mit langen Schritten.

In diesem Augenblick schämte sich Keuschnig vor dem Sterben und Totsein. Es war so ausgefallen, einen letzten Atemzug zu tun und ein Kadaver zu sein. Er könnte sich als Toten ertragen, wenn im selben Moment auch die übrige Welt mitaufhören würde. So aber spielte er sich nur auf, mit seinem gerade im Tod besonders wichtigtuerischen Körper. Er trat einen Schritt vor, nicht um etwas zu unternehmen, sondern weil er nicht mehr wußte, was er wollte; nur noch aus Trotz. – Die so oft empfundene, haarsträubend widerwärtige Beschämung, zu leben und etwas nackt und fleischig Auffälliges, Sonderbares zu sein, DAS EINE ZU VIEL, hielt ihn von der letzten, besonders ausgefallenen Lebensäußerung ab und brachte ihn dazu, erst einmal auf dem Felskopf stehenzubleiben.

Er schaute sich um, obwohl er keinen Ausweg mehr wußte, nur noch in einem Instinkt, und erblickte in einiger Entfernung den dicken Schriftsteller, der ihn betrachtete wie schon seit langem, ohne etwa von dem steilen Weg den Hügel herauf außer Atem zu sein. Er klappte das Notizbuch zu und steckte es weg, in die Innentasche seines Rocks, als ob er es nun nicht mehr benötigte. »Ich bin dir den ganzen Tag gefolgt, Gregor«, sagte er. »Ich habe meine Idee in den Erscheinungen geborgen und bin jetzt zufrieden. Als die Mordschuldige am Schluß von VERTIGO von dem spanischen Kirchturm stürzt, ist der Himmel übrigens nicht blau, sondern tiefdunkel bewölkt im letzten Tageslicht. ›God have mercy on her soul‹, sagt die Nonne und läßt die Glocke läuten. Dein Kind ist mit Stefanie bei mir und wird erst einmal da bleiben. Ich brauche dich nicht mehr und wünsche dir alles Glück.« – Der Schriftsteller blieb lange so stehen, zog schließlich ein paar Grimassen, wie damit ihn Keuschnig endlich für leibhaftig halte, und ging quer über den Rasen davon, wobei er blind noch ein Blumenbeet zertrampelte. »Du weißt gar nichts von mir!« rief Keuschnig ihm nach, doch er hob darauf nur den Arm, ohne sich noch einmal umzudrehen.

Keuschnig wollte sofort mit jemandem sprechen, zum Beispiel das Mädchen aus der Botschaft anrufen. Aber man würde ihm jetzt nur glauben, wenn man ihn dabei auch sehen könnte!

8

Er verließ die Buttes-Chaumont und ging weiter nach Osten, weiter bergan, bis zwischen die dörflichen Hütten und die Hochhäuser des Quartiers von Belleville, wo die Sonnenmarkisen vor den Fenstern schon hinaufgerollt wurden. Er kaufte sich einen Anzug mit Hosentaschen, in die er die Hände seitlich hineinstecken konnte, dazu Socken und Schuhe. »Das ist nicht teuer!« sagte der Verkäufer von sich aus – einen solchen Satz mußte er in dieser wenig kaufkräftigen Gegend wohl öfter anwenden. Keuschnig ließ die abgelegten Sachen im Geschäft und machte sich auf den Rückweg die Hügel hinunter nach Westen, auf die Place de l'Opéra zu, wo das Café de la Paix stand.

Er sah die Gegenstände jetzt deutlich, wie ausgestellt, nicht mehr verklärt wie in der Stunde zuvor. Alles kam ihm gereinigt vor. Er selber war nach einer langen Zeit unter Wasser wiederaufgetaucht, und die Sonne wärmte ihm allmählich den ausgekühlten Körper. Beim Anblick der in den Ritzen schimmernden Pflastersteine dachte er an die Mundwinkel einer Frau, die in der leeren Sommerstraße ihn anlächelte. Die Wolken zogen, die Baumkronen spreizten sich auseinander und schlossen sich, Blätter rutschen, sich hier und da überschlagend, quer über die Plätze, alles schien in Bewegung. Er schaute eine dunstige Wolke in der Form eines Trichters an – ich nehme ja eine Gestalt wahr! dachte er –, und als er wieder hinschaute, hatte sie sich schon in Blau aufgelöst. Überrascht blieb er zwischendurch stehen und betrachtete aufgeregt den Himmel, der sich über die Häuser wölbte und durch die Baumblätter leuchtete, als beginne dahinter etwas ganz anderes – nicht das Meer, überhaupt keine Gegend, sondern ein unbekanntes Gefühl. Ohne daß es ihn jetzt störte, fiel ihm ein, daß die Betten zu Hause noch immer nicht gemacht waren. Aus einer der schon täuschend feierabendlichen Hütten von Belleville hörte er ein Niesen. Eine alte, schwarzgekleidete Frau stand vor ihrer Tür und hatte über ihren Strümpfen dicke Socken an. Sie sprach zu jemand weit weg am andern Ende der Straße, und ihre Stimme und die Antwort darauf waren ganz klar. Im Abendwind bewegten sich Blätterschatten an den Hauswänden. NICHT AUF DIE TREPPEN SPUCKEN! las er auf einem Schild in einem offenen Stiegenhaus. Paris erstreckte sich unter ihm, jetzt in einem rötlichen Licht, eine Wüstenstadt geworden, die Häuser mit ihren erblindeten Fenstern verlassene Kolonialbauten, die, als er nach Westen in den stark strahlenden Himmel blickte, mit den Baumalleen eine solche Einheit bildeten, daß die Autos wie aus dem schwärzesten Urwald daraus hervorkamen ... Die Sonne ging unter. Dann dämmerte es schon, und in der Düsterkeit saßen auf einer glattgewetzten Eisenbrüstung, die einen Gehsteig einfaßte, einige Kinder friedlich beisammen, ganz beruhigt, ohne zu reden, und wollten nicht auseinander, auch wenn man sie immer wieder zum Schlafengehen rief. Hinter einem Holunderbusch betrachtete ihn ein Mädchen, ein Buch auf den Knien, und er blickte zurück: indem er sie anschaute, sah er allmählich sich selber genauer. Wie mißmutig hatte er angefangen, wahrzunehmen – und konnte nun nicht mehr aufhören! Fast wurde ihm übel von all den so wortlos auf ihn eindringenden Geschichten. Nicht schlafen – leer sein! Aus einem parkenden Auto, dessen Tür weit offenstand, hörte er Cembalo-Musik, und plötzlich ergriff ihn eine tiefe Freude über die Zeit, die jetzt vor ihm lag. Er brauchte eine Arbeit, deren Ergebnis verbindlich und unverrückbar wäre wie ein Gesetz! Er wollte kein System für sein Leben, dachte nur, daß es in Zukunft wenn keine neuen Gegenstände und neuen Menschen geben würde, so doch eine beständigere Sehnsucht.

Er schaute alles, was ihm begegnete, an, als ob auch etwas für ihn dabei sein müßte. Ein Teller mit gekochten Eiern auf der ansonsten abgeräumten Theke eines Cafés! Was ist an dem Schwarzen dran, mit den Bambusknöpfen am Mantel? Und immer noch fürchtete er, etwas falsch zu machen, woanders etwas zu versäumen, das das Wesentliche war! Als ihm eine Frau entgegenkam, deren Gang ihm gefiel, kehrte er nach einer Weile um und lief ihr nach, um sie gehen zu sehen. Sie schaute dabei manchmal ihre Schulter an, und es war, als ob sie von ihm weggehe, nur von ihm ...

Er sah eine umgekippte Schiebtruhe und merkte, wie ungerührt sie ihn auf einmal ließ – daß sie umgekippt war, beschäftigte ihn nicht mehr. Er war frei, jedenfalls für diesen Abend und diese Nacht. Eroberungslustig fing er hügelab zu laufen an, und die Häuserreihen sanken nieder, wie eingenommen von seinem Blick. »Ich verändere mich gerade«! sagte er. Es kam ihm vor, als hätte er seit unerdenklichen Zeiten nicht mehr gesprochen. Er stieß einen Laut aus, wie man es tut, um einem Tier Angst einzujagen, aber das galt jetzt auch allem anderen. Das bloße Atmen, sogar das Schlucken machten ihm Vergnügen – jede Schluckbewegung gab eine Neuigkeit. Die Umwelt erschien ihm so verwandelt, daß er sich zum Beispiel bei dem Anblick eines Kinoaushangfotos von einem nackten Paar unter einem Leintuch wunderte: Es gibt also immer noch Filme, in denen Liebespaare mit Leintüchern drapiert werden! und beim gewohnheitsmäßigen Lesen der Überschrift in einer weggeworfenen Zeitung ». . . erlag einem Bauchschuß« dachte: An Bauchschüssen stirbt man also immer noch! Obwohl er dasselbe sah wie sonst, mit demselben Blickwinkel, war es doch fremdartig geworden, und damit erlebbar. Er trat fest auf und reckte sich. Ein unbekanntes Parfum wehte ihm zu aus der Dämmerung, ohne ihn, wie oft, an erstickende, hoffnungslose

Umarmungen zu erinnern – er erinnerte sich nicht mehr, erwartete nur. Als er an einer Passage vorbeiging, dachte er: Hier könnte sie passieren, die einmalige, noch nie erzählte Begebenheit! Er sah vor einem Café eine Frau allein, in unnahbarer Abwesenheit, und doch nahm sie für ihn Gestalt an, als verlockendes Tabu, so daß er wieder dachte: Das ist es ja schon, das ist ihre ganze Geschichte – mehr würde ich nie von ihr erfahren können als in diesem Moment, da ich sie allein da sitzen sehe. Gierig beobachtete er die eigenen Gedanken, immer bereit, sie anzuhalten. Er wollte nichts mehr vergessen und wiederholte im Kopf die jüngst vergangenen Augenblicke, so wie man Vokabeln einer fremden Sprache memoriert. Er mußte sie alle behalten, um sie später anzuwenden. (Trotzdem freute er sich auf jeden einzelnen, den er heute noch treffen würde, auch wenn er mit ihm über gar nichts sprechen könnte.) Er kam an einer hellerleuchteten Kirche vorbei, deren Tore weit offenstanden, und sah den Priester, der gerade mit erhobenem Arm den Einsatz zum Singen gab. Dann bemerkte er eine Hand, die von einer brennenden Kerze Wachs auf ein Tablett tropfen ließ, auf dem schon viele andre Kerzen strahlten. Das von der geneigten Kerze tropfende Wachs nahm ihm auf einmal den Atem, nicht als Gegenstand, sondern als etwas schon Gesehenes, das er jetzt erst ERLEBTE. Als er am Fuß des Hügels auf den ebenen Straßen weiterging, glaubte er immer noch an der Gegend hinabzuschauen, wie wenn sie sich von ihm wegstreckte und er könnte mit einem Blick die sich nach unten krümmende Erdoberfläche erfassen. Dann wurde ihm auf dem Pflaster etwas auffällig (was ist das? dachte er) und erschien ihm ungeheuer wichtig – das nur das letzte Tageslicht war. Er las das »Faire signe au machiniste« an den Bushaltestellen wie den Titel eines Schlagers ... Unter dem abendblauen Himmel, an dem schon im Westen ein Stern stand, sah er die langgestreckten Gebäude der inneren Stadtbezirke völlig schwarz, dabei so pelztierhaft weich und gerundet, daß sie zu Zelten geworden schienen, das breit ausschwingende Grand Palais als das Hauptzelt. Er ging langsamer. Noch waren die Straßen recht leer, aber wo dann Leute zusammensaßen, waren es immer sehr viele, die ganz leise sprachen, enger gegeneinandergerückt als sonst. Auf einmal dachte er, es würde ein Krieg ausbrechen und Bomber würden donnernd aus dem Horizont fliegen. Ein Unbehagen erfaßte ihn, daß alles aufgeklärt wäre und ihm nichts mehr zustoßen könnte.

Vom Boulevard Bonne Nouvelle an waren die Straßen wieder bevölkert. Kinder, die noch nicht schliefen, wurden weitergezerrt und husteten unter den Auspuffschwaden; in dem allgemeinen Lärm mußten sich die Großen hinunter zu ihnen beugen, wenn sie etwas sagen wollten. Einmal hörte Keuschnig in der Menge ein Gebrüll, und alle unterwegs schienen aus dem Schritt zu kommen und davonzulaufen. Wovor flüchteten diese Scharen? War er der einzige, der zur Place de l'Opéra ging? Viele alte Leute sahen unzufrieden aus, obwohl sie doch so alt geworden waren. Beim Anblick einer Frau an einem offenen Fenster war er sicher, sie würde sofort hinunterspringen. Einem Gähnenden floß der Speichel aus dem Mund. Keuschnig wollte ein Taxi nehmen, aber der Taxifahrer, den er ansprach, steckte, ohne ihn anzuschauen, als Antwort nur eine schwarze Lederkappe über sein Schild. Eine entgegenkommende Frau, an der er die geschwollenen Knöchel bemerkte, schnitt ihm ein Gesicht. Jemand lehnte an einem Auto mit zersplitterter Windschutzscheibe und übergab sich. Ein paar Männer tänzelten auf dem Gehsteig und kniffen einander lächelnd in die Wangen, aber schon mit zusammengebissenen Zähnen, weil sie sich im nächsten Moment wirklich prügeln würden. Einer im Rollstuhl, mit weißem Stecktuch, wurde vorbeigeschoben. Düsterer Qualm durchzog den Boulevard, Ruß hatte die Unterseiten der gelben Lampen an den Métro-Eingängen ganz zugeschwärzt. Eine Frau wurde mitten im schrillen Lachen ernst und drehte ruckhaft den Kopf weg, wie wenn sie jetzt sterben müßte. Keiner wich dem andern aus; gleich würde unter den sich Rempelnden einer den Revolver ziehen und in die Gesichter schießen. Alle kamen ihm entgegen wie schon vor längerer Zeit Gefilmte; in Wirklichkeit gab es sie gar nicht mehr – was er sah, war nur der letzte Film mit ihnen. Sie bewegten sich und ließen sich gehen, als hätten sie für immer genug von ihren Funktionen. Wie GEHORSAM sie trotzdem erschienen! Und in ihren Wohnungen wurde inzwischen die Milch sauer, der Orangensaft flockig, und eine trübe Schicht entstand auf dem Wasser im Klosettbecken! Immer wieder auspendelnd, um nicht aus dem neugewonnenen Gleichgewicht zu kommen, ging er zwischen ihnen. Wer ihm im Weg stand, den schob er sachlich zur Seite – das konnte er sich nach allem erlauben. Er fand einen zertretenen Brief im Rinnstein und las ihn im Weitergehen. »Eines Tages, vor vier Jahren, wurde mir von einem Augenblick zum andern alles gleichgültig. Damit begann die schaurigste Zeit meines Lebens . . .« Es fiel ihm ein, daß er noch nie einen wirklichen Feind gehabt hatte, jemanden, den er ohne Erbarmen zerstören wollte. Ich werde mich mit möglichst vielen verfeinden! dachte er, seltsam fröhlich. Bei dem Anblick des von der Tageshitze noch weichen Pflasters zu seinen Füßen erlebte er sich plötzlich als der Held einer unbekannten Geschichte . . . Ein wenig lustlos, fast mißmutig, daß er jetzt jemand kennenlernen sollte, näherte sich Keuschnig dem Café de la Paix, vor dem gerade die dreiteiligen Laternen der Place de l'Opéra angingen. Auf der Terrasse leuchtete ein Blitzlicht auf. Die Zigarettenfrau stand da und wiegte vor den Gästen ihr Tablett. Jemand anderm, der sich näherte, wurde schon zugewunken.

An einem lauen Sommerabend überquerte ein Mann die Place de l'Opéra in Paris. Er hatte beide Hände seitlich in die Hosentaschen seines sichtlich noch neuen Anzugs gesteckt und ging zielbewußt auf das Café de la Paix zu. Der Anzug war hellblau; dazu trug der Mann weiße Socken und gelbe Schuhe, und eine locker gebundene Krawatte schwang im schnellen Gehen hin und her ......

geschrieben in Paris, im Sommer und Herbst 1974

Zeittafel

1942	in Griffen/Kärnten geboren.
1944–1948	lebt er in Berlin. Dann Volksschule in Griffen.
1954–1959	als Internatsschüler Besuch des humanistischen Gymnasiums. Die letzten zwei Jahre in Klagenfurt.
1961–1965	Studium der Rechtswissenschaften in Graz.
1963–1964	*Die Hornissen* (Graz, Krk/Jugoslawien, Kärnten).
1964–1965	*Sprechstücke* (Graz). Umzug nach Düsseldorf.
1963–1966	*Begrüßung des Aufsichtsrats* (Graz, Düsseldorf).
1965–1966	*Der Hausierer* (Graz, Düsseldorf).
1967	*Kaspar* (Düsseldorf).
1968	*Das Mündel will Vormund sein* (Düsseldorf).
1965–1968	*Die Innenwelt der Außenwelt der Innenwelt* (Graz, Düsseldorf). Umzug nach Berlin.
1969	*Die Angst des Tormanns beim Elfmeter* (Berlin). *Quodlibet* (Berlin, Basel). Umzug nach Paris.
1968–1970	*Hörspiele* (Düsseldorf, Berlin, Paris).
1970	*Chronik der laufenden Ereignisse* (Paris). *Der Ritt über den Bodensee* (Paris).
1971	*Der kurze Brief zum langen Abschied* (Köln). Umzug nach Kronberg
1972	*Wunschloses Unglück* (Kronberg).
1973	*Die Unvernünftigen sterben aus* (Kronberg). Umzug nach Paris *Falsche Bewegung* (Venedig).
1972–1974	*Als das Wünschen noch geholfen hat* (Kronberg, Paris)
1974	*Die Stunde der wahren Empfindung* (Paris).
1976	*Die linkshändige Frau.* Erzählung (Paris).

Von Peter Handke
erschienen im Suhrkamp Verlag

Die Hornissen. *Roman*
1966. 278 Seiten. Leinen

Der Hausierer. *Roman*
1967. 204 Seiten. Engl. Broschur

Prosa, Gedichte, Theaterstücke, Hörspiel, Aufsätze
(Bücher der Neunzehn) 1969. 352 Seiten. Leinen

Die Angst des Tormanns beim Elfmeter. *Erzählung*
1970. 128 Seiten. Engl. Broschur

Der kurze Brief zum langen Abschied. *Roman*
1972. 195 Seiten. Engl. Broschur

Die Stunde der wahren Empfindung
1975. 167 Seiten. Leinen

Die linkshändige Frau. *Erzählung*
1976. 136 Seiten. Engl. Broschur

edition suhrkamp
Publikumsbeschimpfung und andere Sprechstücke
edition suhrkamp 177

Die Innenwelt der Außenwelt der Innenwelt
edition suhrkamp 307

Kaspar. *Stück*
edition suhrkamp 322

Wind und Meer. *Hörspiele*
edition suhrkamp 431

Der Ritt über den Bodensee. *Stück*
edition suhrkamp 509

suhrkamp taschenbücher
Chronik der laufenden Ereignisse. *Filmbuch*
suhrkamp taschenbuch 3

Die Angst des Tormanns beim Elfmeter. *Erzählung*
suhrkamp taschenbuch 27

Stücke 1
suhrkamp taschenbuch 43

Ich bin ein Bewohner des Elfenbeinturms. *Aufsätze*
suhrkamp taschenbuch 56

Stücke 2
suhrkamp taschenbuch 101

Wunschloses Unglück. *Erzählung*
suhrkamp taschenbuch 146

Die Unvernünftigen sterben aus
suhrkamp taschenbuch 168

Der kurze Brief zum langen Abschied
suhrkamp taschenbuch 172

Als das Wünschen noch geholfen hat. *Mit Abbildungen*
suhrkamp taschenbuch 208

Falsche Bewegung
suhrkamp taschenbuch 258

Über Peter Handke

Herausgegeben von Michael Scharang
edition suhrkamp 518

Der Band enthält neben zahlreichen Rezensionen zu allen Werken von Peter Handke folgende Beiträge:
Michael Springer, Im Internat
Peter Laemmle, Literarischer Positivismus: Die verdinglichte Außenwelt
Hilde Rubinstein, A propos Handke ...
Klaus Hoffer, »Allgemeine Betrachtungen« (zu Handkes ›kurzem Brief‹)
Jörg Zeller, Handkes Stellung zur Sprache
lutz holzinger, handkes hörspiele
Heinz Ludwig Arnold, Innovation und Irritation als Prinzip. Zu Peter Handkes »Kaspar«
Mechthild Blanke, Zu Handkes »Kaspar«
Herbert Gamper, Bemerkungen zum Stück »Der Ritt über den Bodensee«
Peter Hamm/Peter Handke, Der neueste Fall von deutscher Innerlichkeit
Stellungnahmen junger österreichischer Autoren zu Peter Handke (Peter Matejka, Manfred Chobot, Hans Trummer)
Wolfgang Werth, Handke von Handke
Ernst Wendt, Handke 1966–71
Der Band wird beschlossen durch eine umfangreiche »Peter-Handke-Bibliographie« von Harald Müller.

Alphabetisches Gesamtverzeichnis der suhrkamp taschenbücher